W0393402

Possédée

J'AI LU

Wolff Ryp

Les secrets de la nuit

**

Possédée

Traduit de l'américain
par Ivy Colin

Éditions J'ai lu

Titre original :
MIDNIGHT SECRETS – THE THRILL
First published by Westwind, Troll Associates, Inc.
Copyright © 1994 by Parachute Press, Inc.
Pour la traduction française :
© Éditions J'ai lu, 1998

PROLOGUE

Kendra dormait paisiblement, sous sa couverture de satin. Aucun cauchemar n'était venu troubler son sommeil depuis des mois. Elle ne craignait plus l'apparition de l'homme aux cheveux d'or, ce visiteur de minuit qui la tourmentait avec ses exigences monstrueuses et sa passion inhumaine. Elle ne souffrait plus de son absence. L'émotion qu'elle avait éprouvée dans ses bras s'était depuis longtemps évanouie. Il lui parlait d'amour, mais suscitait la terreur.

L'horreur qui avait envahi sa vie avait désormais disparu. Elle avait réduit à néant le monstre qui menaçait son existence et celle des gens qu'elle aimait. Elle seule avait été capable de détruire l'ennemi, elle seule avait été capable de les libérer.

Maintenant qu'il n'était plus, les souvenirs de Kendra s'estompaient peu à peu. Elle oubliait les nombreux mois de frayeur. Elle dormait tranquillement, l'esprit apaisé, sans crainte.

Kendra prit une profonde inspiration et tourna la tête sur l'oreiller. Elle n'entendit pas la faible musique du carillon de cristal. Elle ne vit pas le tourbillon d'étincelles dans le coin de sa chambre.

Semblables à un nuage de lucioles, des petites lumières s'approchèrent en dansant. Elles se penchèrent sur elle, comme pour l'embrasser. Mais soudain, elles prirent forme. Un homme apparut, étincelant dans l'obscurité. Il était beau, avec ses cheveux dorés et son regard bleu électrique. Il se tenait debout, près du lit. Son visage rayonnait de plaisir, tandis qu'il observait la jeune fille endormie.

— Tu es tellement belle, murmura-t-il, comme il l'avait déclaré tant de fois auparavant.

Rodolphe...

Il avança un peu plus et chuchota :

— Ça fait tellement longtemps que j'attends, Kendra... Maintenant, tu es à moi.

Il sourit tendrement et hocha la tête.

— Et dire que tu croyais m'avoir anéanti ! Mais je suis indestructible, Kendra ! Et j'ai besoin de ta force pour vivre ! Nous sommes destinés l'un à l'autre, pour toujours...

Longtemps il la regarda dormir. Puis il porta doucement la main de Kendra à sa bouche et l'embrassa.

Elle ne se réveilla pas.

Les étincelles se remirent à virevolter, lentement. La musique du carillon allait décroissant. Alors le nuage de lumière se rompit en mille éclats et se dissipa.

Il était parti. Mais sa voix flottait encore dans l'obscurité :

— Ton destin, c'est moi !

1

Kendra Linton s'étira et bondit hors du lit. Le soleil perçait à travers les rideaux de dentelle blanche. Encore une magnifique journée d'été!

Quelle chance! se dit-elle d'un air rêveur. Son copain, Neil Jarmon, devait la rejoindre pour une partie de tennis, et le beau temps serait avec eux, une fois encore.

Tout à coup, la petite tache de naissance qu'elle avait sur le dos de la main se mit à la démanger.

C'est étrange, songea Kendra.

Depuis qu'elle était petite, elle ressentait cette piqûre, chaque fois qu'un événement dangereux ou inattendu était sur le point de se produire. Mais ça faisait longtemps qu'elle n'avait plus eu mal...

Je dois avoir des fourmis dans les doigts, pensa la jeune fille, bien décidée à ne pas prêter attention à cet avertissement plutôt malvenu. Elle secoua la main, afin d'y rétablir la circulation sanguine. Il faisait bien trop beau pour se soucier de ce qui allait ou n'allait pas arriver!

Kendra attrapa son peignoir et fila prendre sa douche.

Quelques minutes plus tard, elle regardait par la fenêtre tout en séchant ses longs cheveux bruns. Le bruit du chantier de construction bourdonnait à ses oreilles. D'immenses poutres d'acier pareilles à de longs doigts squelettiques brillaient dans le soleil de cette fin d'été. Kendra habitait une vieille demeure de la 76e Rue, en plein cœur de New York. En face de chez elle s'élevait un building. Quand il serait achevé, il dissimulerait totalement la maison à la vue des passants. Enfin ils auraient la paix! Car les curieux s'arrêtaient sans cesse pour admirer la vieille bâtisse tapie derrière ses lourdes grilles de fer forgé.

Kendra se souviendrait toujours des circonstances qui l'avaient conduite ici. Un après-midi, sa mère, Dinah, les avait appelées, elle et sa sœur Lauren. Elle leur avait présenté un homme qui s'appelait Graham Vanderman, et leur avait appris qu'elle venait de l'épouser. Puis, comme si le choc n'était pas suffisant, elle leur avait annoncé qu'elles quittaient leur superbe appartement de la Cinquième Avenue, pour aller habiter dans la maison de Graham.

Quand Kendra avait découvert la vieille demeure, elle s'était dit qu'elle ne pourrait jamais vivre là. Elle semblait tout droit sortie d'un film d'horreur, avec ses tourelles à créneaux, ses meurtrières, et son cimetière de famille, caché au fond du jardin!

Kendra avait cependant appris à l'aimer. Plusieurs mois après le déménagement, elle ne jurait plus que par ses plafonds hauts, ses pièces majestueuses, son jardin magnifique et ses pelouses impeccablement entretenues.

Pourtant, de temps en temps, elle avait l'impression de ne pas être en sécurité, comme si un événement particulier la concernant s'était produit autrefois dans la maison. Quelque chose d'excitant et de terrifiant à la fois... Elle aurait tant aimé savoir de quoi il s'agissait.

Elle tourna le dos à la fenêtre inondée de soleil et ébouriffa ses cheveux bouclés. Puis elle enfila rapidement un short et un T-shirt, et traversa le couloir pour rejoindre la chambre de sa sœur.

Lauren était recroquevillée sur son lit et respirait profondément. Elle avait entortillé une mèche de ses longs cheveux blonds autour de son index. Le bruit du chantier ne l'avait pas réveillée — ce n'était pas étonnant, elle était capable de s'endormir en écoutant du hard rock!

Kendra sourit en voyant sa cadette. Elle avait quinze ans, mais quand elle dormait, elle avait l'air aussi innocente qu'un bébé. Kendra l'avait toujours protégée, surtout après la mort de leur père survenue neuf ans auparavant. Dinah était trop distraite pour s'occuper correctement de ses filles, alors elles avaient pris l'habitude de se tourner l'une vers l'autre, lorsqu'elles avaient besoin de réconfort. Kendra était prête à tout pour sa sœur.

Sauf à la laisser somnoler et à gâcher ainsi un magnifique jour d'été !

— Tennis ? s'écria-t-elle d'un air joyeux. Piscine ? Équitation avec le beau Vinnie ?

Lauren remua. Vinnie était son cheval préféré, un pur-sang arabe, et il suffisait de mentionner son nom pour la sortir du sommeil.

— Allez ! Bouge-toi un peu ! Tu pourrais au moins songer à faire trotter Vinnie dans le parc. Il devient gros et feignant. Si ça continue, les autres chevaux ne voudront même plus lui parler !

— Allez au diable, qui que vous soyez ! maugréa Lauren en s'enfonçant davantage sous ses couvertures.

— Je suis ta conscience, Lauren. Et je t'affirme que tu es en train de rater le plus beau jour de ta vie ! Dire que l'été touche à sa fin...

— Du balai ! bougonna Lauren.

— Bon, d'accord. Ce sera donc ma dernière proposition : si tu te lèves, je te promets que la prochaine fois qu'on ira en boîte je te prêterai ma minijupe rouge. Celle avec les franges argentées.

— Les chaussures aussi ? murmura Lauren à moitié dans les limbes, mais néanmoins intéressée.

— Oui, les chaussures aussi !

La jeune fille se redressa et regarda Kendra droit dans les yeux.

— C'est vrai ?

— Non, c'était un mensonge. Mais maintenant que tu es réveillée...

— C'est pas juste ! s'exclama Lauren.

— Je sais, fit Kendra en souriant. Mais j'ai besoin de toi. Neil doit venir tout à l'heure pour une partie de tennis et j'aimerais bien qu'on fasse un double. Tu n'as qu'à appeler un de tes copains, afin qu'on soit quatre.

— D'accord, répondit Lauren, joyeusement.

Elle bondit hors du lit et se précipita dans la salle de bains.

— Je te rejoins en bas dans vingt minutes !

— Ah, vous voilà enfin toutes les deux ! s'exclama Dinah. Je voulais vous parler.

Dinah fit une entrée théâtrale dans la salle du petit déjeuner. Elle ressemblait à un personnage de film en noir et blanc, avec sa robe vaporeuse gris souris et ses cheveux blonds impeccablement coiffés. Elle prit la cafetière en argent et versa le liquide brûlant, dans une tasse de fine porcelaine.

— Je suis vraiment contente de vous trouver ensemble, répéta-t-elle en s'asseyant face à ses filles. J'ai une nouvelle extraordinaire à vous annoncer.

Elle but une gorgée de café, reposa délicatement sa tasse dans la soucoupe, et se pencha vers les jeunes filles.

— Vous allez me dire ce que vous en pensez. J'ai décidé de vous envoyer dans une école en Suisse, le semestre prochain. C'est une idée formidable, non ? C'est un lycée merveilleux — bien sûr, il est très difficile d'y entrer, mais grâce aux relations de Graham, j'ai pu obtenir que vous soyez acceptées toutes les deux.

Kendra regarda sa mère avec des yeux ronds, elle n'en croyait pas ses oreilles.

— Mais ne prends pas cet air éberlué, Kendra ! continua Dinah. Ne fais pas comme si on n'en avait jamais parlé ! Vous avez toujours rêvé d'étudier à l'étranger ! Et c'est un établissement de pointe, tu sais, l'un des meilleurs internats du monde ! Une vraie chance pour vous ! J'aurais tant aimé qu'on me fasse une proposition pareille quand j'avais votre âge ! Imaginez un peu : vous aurez les meilleurs professeurs, la possibilité de skier dans les Alpes, et...

Kendra essaya de contenir sa rage, tandis que sa mère continuait à débiter les nombreux avantages de cette école. Comment Dinah osait-elle tenir ces propos et leur imposer un lycée contre leur volonté ? Kendra avait toujours voulu étudier hors des États-Unis, effectivement, mais elle souhaitait d'abord pouvoir en discuter. Or, sa mère avait tout comploté sans la consulter!

Elle jeta un coup d'œil à Lauren pour voir comment elle prenait la nouvelle. Elle paraissait également surprise.

— Je pourrai emmener Vinnie?

— Bien sûr que non! Mais ils ont des chevaux, là-bas, et beaucoup d'autres choses. Je ferai le nécessaire pour que tu puisses prendre des cours d'équitation, et je te promets qu'on s'occupera convenablement de Vinnie en ton absence.

— Mais il va devenir fou sans moi! s'exclama Lauren.

Kendra fronça les sourcils. Elle se rappelait le jour où le pur-sang était devenu à moitié dingue, à Central Park, et avait essayé de piétiner Lauren. Ça ne s'était jamais produit avant, et ça ne s'était plus reproduit depuis. Pourtant Kendra frémissait encore à l'idée que sa sœur avait failli mourir.

— Ne t'inquiète pas pour Vinnie, fit Dinah d'un air exaspéré. N'importe quelle fille de ton âge serait surexcitée à l'idée de vivre une telle aventure, loin de chez elle. Un an en Suisse, rends-toi compte! Et pas dans n'importe quel lycée! Je suis sûre que vous allez adorer votre nouvelle vie!

Lauren commença à poser des questions sur le programme scolaire, elle voulut également s'assurer que l'établissement possédait bien des chevaux. En l'écoutant, Kendra réalisa que sa sœur était de plus en plus enthousiaste à l'idée de partir.

— Alors on va dormir dans d'immenses dortoirs, en compagnie de filles étrangères? demanda Lauren.

— Mais non! s'exclama Dinah. Chaque élève a sa propre chambre. Je te l'ai dit, c'est une école de qualité. Elle a une excellente réputation. Les étudiantes viennent du monde entier. Si les rois, les présidents, les stars de cinéma tentent d'envoyer leurs filles dans cet établissement, ce n'est pas pour rien! Vous allez faire des rencontres très intéressantes!

— Super! ronchonna Kendra.

Elle n'arrêtait pas de penser à Neil. Ça allait être affreux de le quitter, et de laisser tomber l'atelier de télévision de son lycée, Wilbraham Academy. Elle venait à peine de se décider à devenir présentatrice du journal de vingt heures, et pour apprendre ce métier, Wilbraham offrait une préparation qu'elle ne retrouverait nulle part ailleurs.

— Et mon atelier télé, alors ? demanda-t-elle.

— Ne t'inquiète pas, tu pourras le reprendre à la fac, répondit Dinah. Tu ne te rends pas compte de la chance que tu as, Kendra. Tu devrais être heureuse de changer de continent, de vivre de nouvelles aventures ! Tu verras, bientôt tu me remercieras !

— Est-ce que j'ai le choix, de toute manière ? siffla-t-elle entre ses dents. Tu as déjà décidé à notre place.

— Oui, je l'avoue, fit Dinah, apparemment très fière d'elle. Et ça n'a pas été facile, crois-moi. J'ai dû jouer de mon pouvoir de persuasion pour faire admettre à votre directeur que j'agissais dans votre intérêt. Sinon, il ne vous aurait jamais laissées quitter Wilbraham. Parfois, je me demande si cet homme a le moindre sens de l'aventure...

— Ça a l'air super, Kennie, fit Lauren. Moi, j'adore l'aventure ! Pas toi ? Et puis on sera ensemble, ce sera un peu comme à la maison.

— Pas exactement, répondit Kendra.

Elle se tourna vers sa mère et demanda :

— Et quand doit-on partir ?

— Dans deux semaines environ, déclara Dinah, rayonnante. L'été touche à sa fin. Nous pourrons en profiter pour faire les dernières courses. Voyons, Lauren, ne mets pas tant de beurre sur ta tartine ! Pense un peu à ton tour de taille, je t'en prie !

Kendra faillit éclater d'un rire nerveux, tellement sa mère l'exaspérait. Ni sa sœur ni elle n'avaient à s'inquiéter de leur silhouette, loin de là. Mais Dinah s'était mis en tête que ses filles devaient sembler affamées et osseuses, comme ces mannequins qu'elle voyait dans les magazines !

Kendra froissa sa serviette et la jeta sur la table, puis se leva et sortit. Dinah était encore en train de décrire à sa sœur les vêtements qu'elle devrait emporter en Suisse.

A cet instant, Neil arriva, sa raquette de tennis sous le bras.

Elle courut vers lui et déversa un flot de paroles incompréhensibles à propos de la Suisse, avant même de lui dire bonjour.

Maintenant que l'été était presque terminé, l'air du soir se faisait plus frais. Après le dîner, Kendra jeta une veste en jean sur ses épaules, pour sortir se promener dans le parc en compagnie de Neil.

— Mais pourquoi tu ne refuses pas ? Pourquoi tu ne lui déclares pas carrément que tu n'as pas envie d'y aller? demanda Neil pour la centième fois.

Ils avaient passé toute la journée ensemble, plus malheureux l'un que l'autre, à essayer de trouver une solution afin que Dinah change d'avis. Kendra désirait tant rester chez elle!

Ils se baladaient, main dans la main, le long du sentier sur la falaise qui surplombait l'East River. A travers le rideau d'arbres qui bordait le chemin, Kendra apercevait les lumières des ponts et des buildings qui se reflétaient dans l'eau. Dans d'autres circonstances, cette balade leur aurait paru extrêmement romantique. Mais ce jour-là, ils étaient tous les deux si déprimés, qu'ils n'arrivaient pas à en profiter.

— Pourquoi tu ne le lui dis pas, Kendra? D'habitude, tu parviens toujours à la faire changer d'avis, insista Neil.

La jeune fille soupira.

— Je sais. Mais elle paraît très décidée. Elle a déjà tout préparé. Et puis, l'idée a l'air de plaire à Lauren!

— Eh bien, elle n'a qu'à y aller seule, dans ce cas! Elle est assez grande pour voler de ses propres ailes, maintenant. D'ailleurs, ça lui fera du bien de s'éloigner un peu de toi!

— Merci pour elle! s'exclama Kendra. Je n'ai absolument pas l'intention de la laisser seule!

— Et moi, alors? répliqua Neil, pour la taquiner. Moi, je serai seul et tu t'en fiches complètement... ?

Elle s'arrêta et lui fit face.

— Bien sûr que non!

Le garçon sourit et l'enlaça. Il se pencha vers elle et Kendra releva le visage. Il l'embrassa doucement, lentement. Ils restèrent accrochés l'un à l'autre un long moment, et Kendra sentit une immense tristesse l'envahir.

Tout à coup, une musique extraordinaire emplit l'air. Cela ressemblait à un carillon de cristal sonnant dans la brise. Kendra avait l'impression de l'entendre comme dans un rêve. Même si sa sonorité lui semblait étrangement familière, elle ne se souvenait plus de l'endroit où elle l'avait déjà perçue. C'était à la fois merveilleux, magique, et oppressant. La jeune fille eut l'intuition que ce son s'adressait particulièrement à elle, qu'il l'appelait...

Elle s'écarta brusquement de Neil, pour mieux écouter, mais la musique avait cessé.

— Qu'est-ce qui se passe? demanda-t-il. A quoi pensestu? Tu as changé d'avis?

— Non... je ne sais pas. Mais, je t'en supplie, arrête de parler de ça, ça rend les choses encore plus difficiles pour moi.

Elle recula de quelques pas, afin qu'il ne puisse plus la toucher, et ses cheveux se prirent dans une branche.

— Aïe! s'écria-t-elle.

Elle avait beau essayer de se dégager, elle était prisonnière...

— Laisse-moi faire! suggéra le garçon.

Neil s'approcha du rebord de la falaise et tendit les bras. Soudain, le sol se déroba sous ses pieds. Il bascula, commençant à dévaler la pente sans rien trouver pour se retenir. Il plongeait malgré lui, droit vers le fleuve.

Kendra écarquilla les yeux d'horreur.

— Neil!

Son cri de désespoir se répercuta alentour.

— Neil!

Elle restait là, à regarder la scène, ne sachant que faire, alors que Neil allait mourir d'une seconde à l'autre...

2

Les cris perçants de Kendra déchirèrent la nuit.

Le corps de Neil roulait de plus en plus vite le long de la paroi abrupte.

Ce n'est pas possible, pensa Kendra, désespérée.

Un mot étrange surgit alors dans son esprit : *Patience*. Qu'est-ce que cela pouvait signifier ? Puis elle vit un autre corps dévaler la pente, le corps d'une jeune fille. Tout à coup, Kendra comprit de qui il s'agissait : *Patience Anne Tudor*. C'était une femme qui avait vécu autrefois et était tombée de la falaise, exactement au même endroit que Neil. Elle s'était noyée et était enterrée dans le cimetière de famille, tout au fond du jardin.

« Mais comment se fait-il que je la connaisse ? »

Frénétiquement, sans plus réfléchir, Kendra arracha ses cheveux de la branche, et hurla :

— Non !

Un grognement sourd s'éleva de la pente, à mi-chemin entre le sentier et la rivière. Puis la nuit se referma sur le silence.

Tremblante de peur, Kendra se pencha pour voir ce qui se passait.

Le corps de Neil avait été stoppé dans sa course folle par un tronc d'arbre.

Mais il ne bougeait plus.

— Neil ? appela Kendra.

Pas de réponse.

— Neil ?

Sa voix se brisa. Elle continua d'écarquiller les yeux, essayant de déceler un mouvement. Des larmes perlèrent à ses paupières. Elle se remit à frissonner.

— Oh, Neil, je t'en supplie ! sanglota-t-elle, à l'agonie.

Soudain, un gémissement monta dans la nuit. Le garçon remua faiblement les bras. Il tourna la tête.

Il est en vie !

Kendra poussa un soupir de soulagement. Elle dégringola la colline pour le rejoindre.

— Ça va ? demanda-t-elle.

Neil était étendu sur le dos, de tout son long, et respirait avec difficulté.

— Ça peut aller, répondit-il d'une voix faible.

Il se souleva pour s'asseoir, en grimaçant. Puis il regarda Kendra, les yeux pleins d'effroi.

— Je n'arrivais pas à m'arrêter. J'ai glissé et...

— Je sais, je sais, dit-elle, apaisante.

Elle se pencha et lui tendit la main.

— Allez, viens. On va rentrer à la maison. Tu peux marcher ?

Il hocha la tête.

— Oui, je crois, mais j'ai l'impression d'être un pantin. Il y a une minute à peine, j'étais debout sur un terrain solide, et quelques secondes plus tard, me voilà en train de dévaler la falaise. Je ne sais pas ce qui s'est passé. C'était comme si... comme si le sol s'effritait sous mes pieds et qu'une main invisible me tirait vers le bas.

Kendra se mordit la lèvre, perplexe. Comment le terrain pouvait-il avoir cédé si brutalement ?

Elle l'aida à se relever et ils retournèrent lentement à la maison. Neil s'appuyait lourdement sur Kendra. En montant les marches du perron, il trébucha et se plaignit.

A l'intérieur, ils racontèrent à Dinah et à Graham ce qui s'était passé.

— On ferait mieux de t'emmener aux urgences, fit Graham.

Neil hocha la tête.

— Non, ça va maintenant, je vous assure.

Graham insista tellement que le garçon finit par accepter. Dinah appela une ambulance pour le conduire à l'hôpital et prévint ses parents. Neil avait retrouvé un peu de couleurs, mais Kendra voyait bien qu'il souffrait encore.

Au bout d'un moment, l'ambulance arriva. Kendra et Graham aidèrent le garçon à prendre place, et montèrent avec lui pour l'accompagner.

Quelques heures s'écoulèrent, pleines d'angoisse, puis on leur apprit que Neil n'avait rien de grave. Ce fut un soulagement ! Il avait de multiples bleus et une petite blessure au front. On avait dû lui faire trois points de suture, mais ce n'était rien. Le médecin le laissa même retourner seul chez ses parents.

Quand Kendra et Graham rentrèrent à la maison, il était minuit passé.

Graham prit Kendra par les épaules.

— Va te coucher, maintenant, et essaie de te reposer, lui conseilla-t-il. La journée a été pénible.

— Ça, on peut le dire ! répondit Kendra. Bonsoir, Graham... Et merci d'avoir accompagné Neil à l'hôpital.

Elle lui sourit d'un air reconnaissant.

— A demain !

Kendra gravit les escaliers qui menaient à sa chambre, en repensant à Graham. Quand Dinah avait annoncé son mariage avec lui, elle n'avait pas été contente. Sa mère aurait au moins pu en discuter avec sa sœur et elle, au lieu de les mettre devant le fait accompli ! Mais depuis que Kendra et Lauren avaient emménagé dans la 76ᵉ Rue, la situation s'était nettement améliorée. Graham et son fils, Anthony, avaient été extrêmement sympas. Le printemps dernier, Graham avait même fait construire une piscine et un court de tennis dans le jardin, pour que les filles puissent s'amuser et inviter leurs amis durant l'été.

Mais Graham conservait un côté mystérieux. En réalité, tout ce qu'elle savait de lui, c'est qu'il avait déjà été marié deux fois, et que ses femmes étaient mortes très jeunes, dans des conditions tragiques.

Kendra fit une pause dans l'escalier, pour réfléchir un instant. Il y avait une énigme dans cette affaire, elle en était persuadée. N'avait-elle pas entendu Graham discuter, un jour où il ne se doutait pas qu'on l'écoutait, avec quelqu'un... de terrifiant. Mais qui était-ce ? Elle n'avait vu ni Graham ni l'homme auquel il s'adressait. Mais soudain, les mots qu'il avait prononcés lui revinrent à l'esprit : *Tu en as déjà assez fait comme ça ! Cesse de répandre la douleur et la souffrance sur ton passage !*

Elle secoua la tête. Cela s'était-il réellement produit ?

Elle n'en était même plus certaine... Elle ne se souvenait de rien.

Elle continua de monter les marches et regagna sa chambre.

Lauren était étendue sur le lit de sa sœur. Elle attendait des nouvelles de Neil, avec inquiétude. Max, le gros labrador noir de Graham qui la suivait partout, était couché sur le sol à côté d'elle.

Lorsqu'elle vit entrer Kendra, Lauren se redressa.

— Comment va Neil, Kennie?

— Bien, répondit la jeune fille d'un air soulagé.

Elle lui décrivit les blessures du garçon en détail et la rassura : ce n'était pas grave! C'était d'ailleurs étonnant, car sa chute avait été impressionnante!

— J'ai du mal à croire qu'il s'en sorte avec quelques égratignures seulement. Tu l'aurais vu dévaler la pente, c'était affreux! Il y avait de quoi se tuer!

Elle hocha la tête et continua :

— Tu sais, je ne comprends toujours pas comment ça a pu arriver. Neil est un athlète. Il n'est pas du genre à perdre l'équilibre si facilement.

— Oui, je sais. Mais le plus important, c'est qu'il n'ait rien.

Lauren bâilla et se leva.

— Je suis crevée. Il faut que j'aille me coucher. Bonsoir, Kennie!

Max remua la queue et lui emboîta le pas.

Kendra lui souhaita bonne nuit, puis passa par la salle de bains, avant d'aller au lit. Quand elle se glissa entre ses draps et éteignit la lumière, elle était littéralement épuisée.

Pourtant, le sommeil ne vint pas tout de suite. Au lieu de dormir, elle rouvrit les yeux et regarda les ombres qui dansaient au plafond.

Elle n'arrêtait pas de penser aux événements de la soirée, événements qui auraient pu être fatals. Qu'est-ce qui avait provoqué la chute de Neil? Il lui était difficile de croire à un accident. On avait presque l'impression qu'une force mystérieuse avait poussé le garçon dans le vide...

Mais c'est complètement dingue! se dit Kendra. Il a glissé et est tombé. Ça arrive à tout le monde!

Cependant, au fond d'elle-même, elle devinait que ce n'était pas aussi fou que ça. Quelque chose d'étrange s'était produit aujourd'hui, et c'était un miracle que Neil soit toujours en vie.

Elle continuait à observer le plafond, quand la petite tache de naissance qu'elle avait sur la main se remit à la démanger. *Danger!* Cette fois, elle n'allait pas négliger l'avertissement comme elle l'avait fait ce matin. Elle l'avait ignoré... et cela avait presque coûté la vie à son copain!

Les minutes s'égrenaient lentement sur son réveil. Elle était étendue dans l'obscurité et se frottait la main, espérant que la peur qui l'avait assaillie la laisserait bientôt tranquille.

Quelques heures plus tard, un petit vent nocturne s'engouffra par la fenêtre ouverte et fit bruisser les rideaux.

Le faible tintement d'un carillon de cristal résonna dans la brise. C'était un son délicat, une musique aérienne qui emplissait la chambre.

Kendra s'éveilla en sursaut et écouta avec attention. Elle se sentait confuse et désorientée. N'était-ce pas la mélodie qu'elle avait perçue, au sommet de la falaise, juste avant la chute de Neil?

Elle s'assit dans son lit. Quelque chose étincelait dans le coin le plus sombre de sa chambre. On aurait dit une masse vibrante, composée d'une multitude de lumières minuscules, semblable à un nuage de lucioles. Elle se frotta les yeux. Elle vit les lumières s'approcher rapidement, en un tourbillon qui prenait de plus en plus forme humaine. La peur l'envahit... Le nuage éclata en un éclair doré et un jeune homme apparut, le plus beau garçon qu'elle ait jamais vu!

Kendra retint sa respiration. Au premier coup d'œil, l'homme semblait à peine plus âgé qu'elle. Mais en y regardant de plus près, elle réalisa qu'il était différent. Sans âge... Il vint se poster près du lit. Sa silhouette était baignée d'une aura dorée. Dans le noir, ses yeux semblaient étinceler et envoyer de petits éclairs. Ses cheveux blonds encadraient souplement son visage ovale.

Doucement, il tendit la main et caressa la tête de Kendra. Elle ferma les paupières. Sa main était tendre et légère. Une agréable chaleur envahit le corps de la jeune fille. Tous ses soucis, à propos de Neil et de sa chute, s'évanouirent d'un coup.

Elle posa sa joue sur la main de l'homme. Elle avait envie qu'il reste avec elle pour toujours.

Mais qui est-ce ? s'interrogea-t-elle.

Il était tellement séduisant, tellement différent des garçons qu'elle avait connus jusqu'à présent ! Pourtant, il lui semblait familier, comme si elle l'avait déjà rencontré...

— Kendra, murmura-t-il.

Il passa délicatement ses doigts sur le visage de la jeune fille et pressa ses lèvres sur la petite tache rose de sa main.

— Tu te souviens de moi ?

Elle secoua négativement la tête. Elle ne trouvait plus ses mots. Elle avait l'impression d'être en transe, de vivre un rêve.

— Ça fait des siècles que je t'attends, souffla-t-il. Mais maintenant, je suis à toi et tu es à moi.

Il laissa retomber son bras et Kendra émit un cri de douleur. Elle voulait qu'il la prenne dans ses bras.

— Réfléchis ! ordonna-t-il posément. Ce n'est pas la première fois que tu me vois.

Elle essaya de s'éclaircir les idées. Mais elle n'arrivait plus à penser. Tout ce qu'elle désirait, c'était que cet homme reste près d'elle et l'enlace. Soudain un vague souvenir lui remonta à l'esprit. L'image d'un homme qui pénétrait dans sa chambre, la nuit... Un sentiment de désir fou. Puis une brusque terreur qui lui glaçait le sang.

— Rodolphe !

Le nom éclata sur ses lèvres, elle tremblait de peur.

— Ah, tu vois bien que tu te souviens de moi ! dit-il en souriant d'un air satisfait.

Il attrapa sa main.

Kendra hésita. Des souvenirs flous revenaient à sa mémoire. Rodolphe l'avait quittée, ou bien c'était elle qui l'avait laissé tomber. Mais pourquoi ?

— Tu croyais m'avoir détruit, Kendra, n'est-ce pas ? chuchota-t-il. Tu as de grands pouvoirs, certes, mais pas aussi puissants que les miens. Pas encore, en tout cas.

Des pouvoirs ? Quels pouvoirs ? Comment aurais-je pu le détruire ? De quoi parle-t-il ?

Kendra avait l'impression que son cerveau était complètement embrumé. Elle avait si peur que son cœur battait à toute allure. Pourquoi Rodolphe était-il revenu ? Que voulait-il ?

— Allez-vous-en. Laissez-moi tranquille, je vous en supplie... implora Kendra.

Elle ferma les yeux, elle craignait d'affronter son regard. Elle était tellement attirée par lui que ça la faisait frissonner.

— Tu ne veux donc pas sentir mes bras autour de ton corps, Kendra ? Mais si, bien sûr que tu le veux ! Allez, ouvre les yeux, mon amour. Regarde-moi.

Sa voix la submergea. Elle était si douce, si attirante. Elle l'entendit s'éloigner. Quand elle lui parvint de nouveau, elle arrivait de l'autre côté de la chambre :

— Viens, Kendra. Tu le veux. Je sais que tu le veux. Je suis là, je t'attends. Viens dans mes bras, ma belle Kendra...

Sans trop savoir comment, elle s'était levée tandis qu'il parlait. Elle essaya maladroitement de trouver son équilibre dans l'obscurité. Puis, sans comprendre ce qui se passait, elle se mit à flotter dans l'air, à sa rencontre.

Rodolphe se pencha pour l'embrasser, et ce fut le baiser le plus délicieux de sa vie. Son cœur battait follement, elle avait du mal à respirer. C'était comme si elle s'était fondue en lui, comme si elle était devenue une partie de lui. Elle aurait voulu que ce baiser ne s'arrête jamais.

Au bout d'un moment, Rodolphe s'écarta pour examiner son visage. Il la regarda intensément, amoureusement, droit dans les yeux. A cet instant, Kendra songea qu'elle serait capable de n'importe quoi pour lui. Il n'avait qu'à le demander.

— Ne me quitte pas, Kendra, dit-il. Tu dois rester ici.

Dans cette maison. Nous serons toujours ensemble, c'est notre destin.

— Oui, souffla-t-elle.

— Tu ne dois pas aller en Suisse.

— Non.

— Tu ne dois pas m'abandonner. Jamais.

— Non, jamais.

Un faible sourire étira les lèvres de Rodolphe. Il poussa un profond soupir de satisfaction. Puis il fit un pas en arrière. Des petites étincelles traversèrent son visage, et son corps s'évanouit dans un nuage de fumée.

Après sa disparition, Kendra retourna dans son lit. Pourquoi avait-elle eu tellement peur ? Rodolphe n'était pas un homme dangereux ! Il l'aimait, tout simplement, il voulait qu'elle reste avec lui. Il n'y avait rien de mal à ça !

Dans sa tête tourbillonnaient des souvenirs flous. Elle aurait aimé pouvoir réfléchir calmement et faire la part des choses, mais elle en était incapable. Un événement s'était produit auparavant, une chose bizarre. Bizarre et merveilleuse à la fois, se rappela-t-elle.

Kendra ferma les yeux et tenta de dormir. Mais elle était surexcitée. Elle voulait sentir Rodolphe l'enlacer. Elle avait encore le goût de ses lèvres sur les siennes. Elle avait tellement envie qu'il la tienne dans ses bras et qu'il l'embrasse qu'elle se sentait proche de l'évanouissement. Comment pouvait-elle avoir peur de cet homme, alors que tout son être le réclamait ? Il était peut-être arrivé quelque chose, par le passé, mais cela restait un secret bien caché. Et ça n'avait plus aucune importance. Tout ce qui comptait pour elle, maintenant, c'était de le revoir.

3

Kendra frappa doucement à la porte de Dinah.

— Est-ce que je peux entrer ?

— C'est à quel sujet ? demanda Dinah, encore endormie.

Ce n'était pas une lève-tôt. C'était plutôt une lève-grognon. Et plus elle se réveillait de bonne heure, plus elle grognait. Mais Kendra savait que c'était le seul moyen de la prendre au dépourvu, et de lui faire accepter ce qu'elle avait en tête. Il fallait en profiter.

Elle poussa la porte et pénétra à l'intérieur de la chambre plongée dans l'obscurité.

Dinah émergeait à peine d'une montagne d'oreillers en satin. Elle était littéralement enterrée sous une pile de draps et de couvertures couleur ivoire.

Kendra approcha sur la pointe des pieds.

— Ça ne peut vraiment pas attendre ? marmonna Dinah. Quelle heure est-il ? Mon Dieu ! Kendra ! Qu'est-ce que tu fais debout à une heure pareille ? Après ce qui s'est passé hier, je m'attendais que tu dormes au moins jusqu'à midi ! Ne me dis pas que tu as déjà pris ton petit déjeuner...

— Si, bien sûr ! Avec Graham, avant qu'il ne parte travailler.

— Bon, viens ici, alors.

Elle tapota le matelas, à côté d'elle.

— Laisse-moi te regarder. Tu es très pâle et tu as le regard vitreux. Tu ne te rends pas compte que c'est primordial, dans la vie, de bien dormir ?

— Si, mais je...

— Tu quoi ? Qu'est-ce qu'il y a de si important pour que tu viennes me réveiller, alors que la matinée ne fait que commencer ?

— J'ai décidé que je n'irai pas en Suisse. Avant de me sortir toutes tes bonnes raisons de m'envoyer là-bas, laisse-moi d'abord finir. Parce que moi, j'ai beaucoup d'arguments pour rester à New York ! Premièrement, j'adore aller aux cours de communication. En plus, M. Taylor m'a promis qu'il me ferait passer devant la caméra plus souvent que l'an dernier. Il pense que j'ai de réelles chances de réussir dans le métier de présentatrice. Ensuite, il y a Neil. On est juste en train de se remettre ensemble, et je ne voudrais pas que mon départ gâche notre relation. Elle est encore trop fragile. Il est par conséquent absolument hors de question que je parte !

Kendra fit une pause et retint sa respiration. Elle espérait que Dinah la croirait, au sujet de Neil. En vérité, si elle avait vraiment voulu être honnête, elle lui aurait révélé qu'un homme mystérieux était apparu dans sa chambre, la veille. Que c'était le plus beau garçon qu'elle ait jamais rencontré, qu'il avait un regard ensorcelant, que ses baisers étaient les plus doux qu'on puisse imaginer... et qu'elle ne pouvait vivre sans lui !

— Mais qu'est-ce qui te prend, Kendra ?

Dinah remonta un peu sur ses oreillers et poussa un soupir d'exaspération.

— Après le mal que je me suis donné pour t'inscrire dans une des meilleures écoles privées d'Europe ! Est-ce que tu as une idée de la peine que je me suis donnée pour te faire plaisir ? Et ta sœur, alors, tu y as pensé ? Qu'est-ce qu'elle est censée faire ? Rater la chance de sa vie, parce que *Mademoiselle* ne veut pas quitter son copain ?

— Mais Lauren est assez grande pour se débrouiller seule ! insista Kendra. Tu nous as dit que, dans ce lycée, les filles venaient du monde entier. Il doit même y en avoir plusieurs qui sont plus jeunes qu'elle. Et je suis sûre que ça lui fera du bien de s'éloigner, d'apprendre à ne compter que sur elle. Moi, je ne peux pas partir. Pas maintenant, en tout cas.

Kendra avait raison. Sa tactique allait porter ses fruits. Il était encore très tôt, et Dinah n'avait pas envie de se lancer dans une discussion interminable.

— Bon, très bien, soupira-t-elle en fronçant les sourcils. Tu peux rester, si c'est ça que tu veux vraiment. J'expliquerai la situation à Lauren plus tard. Mais j'imagine déjà ce qu'elle va ressentir à l'idée de se retrouver seule dans un pays étranger !

— Non, ne t'inquiète pas, c'est moi qui le lui dirai, proposa Kendra. Je suis certaine qu'elle m'approuvera.

En fait, Kendra n'était pas du tout sûre de la réaction de sa jeune sœur. Quelles explications allait-elle lui donner ?

Lorsqu'elle pensait à Rodolphe, elle réalisait que Lauren ne saisirait jamais ce qu'elle-même avait du mal à comprendre.

Elle se rappela son baiser et frissonna de plaisir. Il l'avait enlacée de façon tellement possessive ! Elle sentit son cœur s'affoler. Kendra ne savait pas vraiment ce que Rodolphe voulait, mais une chose était certaine : elle était impatiente de le revoir.

— Alors, comment Lauren prend-elle la nouvelle ? demanda Hallie.

Kendra et son amie étaient allongées sur deux transats, près de la piscine. Elles avaient passé l'après-midi à faire des courses de vitesse, dans l'eau, et bien sûr, c'était Kendra qui avait gagné chaque fois.

Hallie Benedict était sa meilleure copine. Elles étaient dans la même classe, à Wilbraham, et avant que Dinah n'épouse Graham, elles habitaient dans le même immeuble, sur la Cinquième Avenue, à un étage de distance seulement. Il ne se passait pas un jour sans qu'elles se voient ou se parlent au téléphone.

Kendra était heureuse de constater qu'Hallie s'était bien remise de son aventure, et de la peur qu'elle avait éprouvée dans la maison de la 76e Rue. Depuis le jour où elle s'était perdue dans les souterrains, elle détestait lui rendre visite. Ça avait été une expérience atroce. Kendra ne tenait pas à se rappeler l'horreur qui avait marqué cette journée. Mais elle était contente qu'Hallie ait repris confiance en elle et trouve la demeure plus agréable qu'avant.

Comme moi, d'ailleurs, pensa Kendra.

Elle se souvint qu'elle aussi avait eu vraiment peur, la première fois qu'elle était venue ici. Elle aurait donné n'importe quoi pour retourner dans son vieil appartement confortable de la Cinquième Avenue. Elle avait été tellement effrayée, lorsqu'elle avait aperçu la maison de Graham, qu'elle avait senti son sang se figer dans ses veines. Mais peu à peu, elle s'était laissé apprivoiser. Il y avait quelque chose, dans cette demeure... un esprit, tapi dans chaque recoin, qui l'avait conquise, qui avait pris possession d'elle. Maintenant, elle savait que l'âme de la maison faisait partie d'elle-même : c'était comme si elle y avait toujours vécu.

— Hé ! Ken ! Où étais-tu ? Tu avais disparu, ou quoi ? interrogea Hallie. Je te demandais si Lauren allait se dégonfler, elle aussi, pour la Suisse.

Kendra chassa ses souvenirs et attrapa une serviette sèche.

— Je ne me suis pas du tout dégonflée, si tu veux savoir ! Lauren ? Elle est super contente de partir là-bas. En fait, c'est la première fois qu'elle va se retrouver seule. Depuis qu'elle connaît la date de son départ, elle fait une fête d'adieu tous les jours, avec des amis différents !

— Ça ne m'étonne pas d'elle. Et elle a raison ! répondit Hallie. Franchement, je pense que tu commets une grossière erreur en décidant de rester. Comment peux-tu laisser passer une occasion pareille ? Un an en Suisse ! Tu te rends compte ! Qu'est-ce que tu trouves de tellement génial, ici, tu peux me le dire ?

Kendra rougit. Bien entendu, elle n'allait pas révéler la vérité. Elle ne pouvait pas lui dire qu'un homme extraordinairement beau était entré dans sa chambre, l'autre nuit, qu'il lui avait demandé de ne pas partir... et qu'elle avait accepté ! Hallie s'imaginerait qu'elle était devenue dingue.

— Allez, dis-moi, insista la jeune fille en peignant ses longs cheveux roux. C'est à cause de Neil, c'est ça ? Mais je n'arrive pas à y croire ! Ça fait des années que vous sortez ensemble, et vous cassez tous les quatre jeudis ! Je me demande ce qu'il y a de si nouveau, pour que tu décides de sacrifier deux semestres de liberté totale !

— C'est... juste une intuition. Je ne sais pas, vraiment, finit par avouer Kendra.

Elle évitait de croiser le regard de son amie et se concentrait désespérément sur les dalles humides qui entouraient la piscine.

— Bon, d'accord, j'ai compris. Sujet tabou. Affaire classée.

Hallie se rallongea sur sa chaise longue.

— Tu veux que je te lise la dernière lettre de Michel ? Il me demande de tes nouvelles, fit Kendra.

— C'est en français ?

— Bien sûr ! Il m'écrit en français, et je lui réponds en anglais. Comme ça, on pratique tous les deux l'autre langue.

Michel Lamont était l'un des deux Français qu'Hallie et Kendra avaient rencontrés au musée d'Art moderne, quelques mois auparavant. Hallie n'était pas restée en contact avec Jean-Louis, mais Kendra adorait recevoir du courrier de Michel. Elle aimait entendre parler de Paris, où il habitait. Un instant, son cœur se serra. Elle regretta d'avoir gâché sa chance d'aller en Europe. Mais cela passa bien vite.

— Tu peux me la traduire ? demanda Hallie.

Kendra tira la lettre de la poche de son peignoir.

— Hors de question ! Tu es assez bonne en français pour comprendre toute seule. C'est juste que tu es feignante !

— Oui, c'est d'ailleurs là que je réussis le mieux, si tu veux mon avis ! Laisse tomber la lettre de Michel, ça ne m'intéresse pas, finalement. Au fait, tu attends du monde aujourd'hui ?

Kendra hocha la tête, puis sourit en voyant son amie hésiter.

— Allez, vas-y ! Je sais que tu meurs d'envie de me poser la question ! la taquina Kendra.

— Eh bien, quand est-ce qu'il revient ?

— Qui ? demanda Kendra, comme si elle ne le savait pas.

— Oh, laisse tomber !

— Bon, d'accord... C'était pour rire. Mon merveilleux demi-frère, j'ai nommé Anthony le magnifique, devrait rentrer de son voyage en Alaska cette semaine.

Hallie sourit de satisfaction.

— Je suis vraiment impatiente de le revoir. Promets-moi que je serai la première à être invitée, avant qu'il n'ait le temps d'appeler d'autres filles. C'est la seule chance que j'aie. Sinon, il ne fera jamais attention à moi !

— Faut voir... remarqua Kendra en riant. On fait une autre course ?

Hallie étira ses bras et bâilla.

— Oui, bien sûr, tout ce que tu voudras ! Tu n'as qu'à commencer sans moi. Quand tu seras sur le point de gagner, préviens-moi, comme ça je plongerai et je te battrai. Une fois de plus !

Kendra hocha la tête en riant de bon cœur. Elle se leva et marcha vers le grand bassin. Ce qu'elle préférait chez son amie, c'était son humour.

— Tu m'écriras chaque semaine, Kennie ? demanda Lauren.

— Oui. Promis.

— Et moi, j'appellerai tous les dimanches.

— Mais tu seras bien trop occupée pour téléphoner, lui rappela Kendra. Et encore plus pour lire mes lettres ! Tu vas sûrement beaucoup t'amuser.

— Tu vas me manquer, répondit Lauren en jetant ses bras autour du cou de sa sœur.

Et toi encore plus, pensa Kendra.

Elle avait eu quelques problèmes avec Lauren, l'an passé, mais Kendra se sentait encore très proche de sa sœur. C'était la personne à laquelle elle tenait le plus au monde. Cette fin d'été s'était déroulée tellement vite, qu'il était déjà temps pour elle de faire ses bagages. Ce serait la première fois qu'elles seraient séparées si longtemps, et ça allait sûrement être douloureux. Mais Kendra avait largement encouragé Lauren à partir. Même, et surtout, quand elle commençait à avoir des doutes sur l'opportunité d'un tel voyage... D'ailleurs, pour une obscure raison, elle avait le sentiment que sa sœur serait plus en sécurité loin de la maison.

Elle prit Lauren dans ses bras et essuya une larme sur sa joue. Puis elles descendirent l'escalier.

Elles s'étaient déjà dit au revoir dans la chambre, mais elles recommencèrent dehors. Elles se jetèrent dans les bras l'une de l'autre en pleurant, à côté de la voiture qui devait conduire Lauren à l'aéroport.

Dinah et Graham l'accompagnaient en Suisse. Ils s'assureraient qu'elle était bien installée et en profiteraient pour prendre une semaine de vacances dans la région des lacs. Kendra, elle, resterait à la maison avec Mme Stravos, la gouvernante, en attendant le retour d'Anthony. Ça ne la réjouissait pas tellement, mais elle n'avait pas le choix. Mme Stravos n'avait jamais été désagréable avec elle, mais ce n'était pas vraiment quelqu'un de drôle. Dès leur première rencontre, quelque chose l'avait mise mal à l'aise. Ce n'était pas bien grave, après tout. Il ne restait plus que quelques jours avant le retour d'Anthony.

Un voile de larmes assombrit le regard de Kendra. Elle vit sa sœur et ses parents s'installer dans le taxi. Elle leur fit signe de la main, jusqu'à ce qu'ils prennent le virage et disparaissent.

Kendra se sentait seule, mais Max encore davantage ! Il avait la queue basse et gémissait. Il parcourait toutes les pièces frénétiquement, cherchant ses maîtres et particulièrement Lauren. Les premières nuits, il resta couché dans la chambre de celle-ci, attendant son retour. Mais au bout d'un moment, il comprit et, poussant la porte de Kendra avec sa truffe, il vint s'allonger sur le sol à côté de son lit. La jeune fille n'eut pas le courage de le mettre dehors. D'ailleurs, elle appréciait sa compagnie.

— Bon, d'accord, juste pour une courte période ! dit-elle au chien en lui donnant une petite tape sur la tête avant d'éteindre la lumière. Dès qu'Anthony reviendra, tu iras dormir chez lui. Je suis désolée, Max. Ce n'est pas que je ne t'aime pas, mais tu ronfles...

Quelques jours plus tard, Kendra se réveillait au son d'un aboiement proche de l'extase. Ça venait de l'extérieur. Le grand jeune homme, extrêmement mignon, qui se trouvait au pied des marches riait tellement qu'il ne pouvait plus avancer. Le chien sautait tant qu'il pouvait pour essayer de lui lécher le visage.

— Bienvenue, étranger ! fit Kendra en ouvrant la porte d'entrée.

— Merci, Kendra, répliqua Anthony. Tu peux retenir

Max, s'il te plaît ? Il fait encore un peu chaud, et je crois que j'arriverai à me passer d'un manteau de fourrure aujourd'hui !

Kendra appela l'animal qui vint docilement auprès d'elle. Puis elle serra son demi-frère dans ses bras.

Anthony posa ses bagages dans l'entrée.

— J'espère que Mme Stravos a préparé le petit déjeuner, parce que je meurs de faim. Je monte me laver les mains et je te retrouve dans le salon !

Kendra regarda son demi-frère grimper les marches en quatrième vitesse et disparaître dans le couloir. Anthony était rentré ! Et elle ne savait pas lequel des deux était le plus heureux de Max ou d'elle !

4

— Aïeee ! s'écria Hallie.

Son hurlement s'acheva dans un éclat de rire et elle disparut au milieu de l'eau bleue de la piscine. Anthony la tirait sous la surface, la prenant par la taille pour jouer.

Kendra sourit en nageant et faillit presque boire la tasse. Ça l'amusait d'entendre Hallie et Anthony faire les fous. Il ne restait plus que quelques jours de vacances avant la rentrée, et elle avait bien l'intention d'en profiter au maximum. Ça la rendait malade de penser que bientôt elle ne pourrait plus nager, ni jouer au tennis l'après-midi. Néanmoins, elle était heureuse de retourner en classe.

Hallie refit surface et recracha de l'eau. Anthony était allé se reposer, les bras accrochés au plongeoir.

— Tu as failli me noyer ! s'exclama Hallie, faisant semblant d'être en colère.

Mais elle savourait chaque instant vécu près de lui. C'était le bonheur total !

— C'est pas moi ! répondit-il en souriant, c'est le requin.

La piscine en est infestée ! Fais attention, y en a un autre qui arrive !

Il lâcha le plongeoir et nagea en direction de Hallie.

— Non ! hurla-t-elle en riant.

Il l'attrapa de nouveau par la taille et fit mine de l'entraîner au fond.

Kendra sortit de l'eau et les regarda s'amuser. Passer autant de temps en compagnie d'Anthony était un rêve devenu réalité, pour Hallie. Elle ne se faisait pourtant pas trop d'illusions. Il ne s'intéressait à elle que comme amie. L'amitié, plutôt que l'amour... Mais elle aurait tellement aimé que cet été ne s'achève jamais...

Le premier jour d'école, Kendra fut ravie. Elle avait choisi ses vêtements avec soin : une minijupe noire, des tennis assorties, et son T-shirt à rayures qui mettait tellement en valeur ses cheveux bruns et son bronzage ! Elle avait déjà acheté un nombre impressionnant de cahiers pour les cours. Kendra avait toujours été une bonne élève, et elle n'avait absolument pas envie que cette année fasse exception à la règle. De plus, elle était très impatiente de retourner en cours de communication.

Quand elle entra dans le studio de télé en dernière heure, Neil était déjà là. Il l'appela. Elle fit attention de ne pas se prendre les pieds dans les câbles et de ne pas se cogner la tête dans les lampes de la cabine de contrôle. Elle le rejoignit devant l'un des moniteurs.

— Qu'est-ce que tu penses de la nouvelle installation ? interrogea-t-il.

Pendant l'été, le studio avait été totalement réaménagé et doté d'une vitre antibruit. Il avait l'air beaucoup plus professionnel qu'avant !

— C'est super ! répondit-elle.

Elle se pencha sur l'écran et sentit Neil passer négligemment un bras autour de ses épaules. Elle sursauta, contre sa volonté, et s'écarta.

— Il faut que j'aille demander quelque chose à M. Taylor, prétexta-t-elle, un peu sèchement. On se voit plus tard !

Elle se dégagea et sortit de la cabine de contrôle.

L'expression de souffrance qui traversa le visage de Neil ne lui échappa pas.

Kendra ne voulait pas lui faire de peine. Elle souhaitait juste davantage de liberté... Les choses n'étaient plus comme avant avec lui, mais elle ne savait comment remédier à la situation. En fait, elle n'éprouvait plus rien. C'était le vide total. Neil lui semblait tellement jeune et sans intérêt... Il n'y avait plus d'étincelle entre eux. D'ailleurs, qu'est-ce qu'elle avait bien pu lui trouver, la première fois qu'ils étaicnt sortis ensemble ?

Depuis que Rodolphe était apparu dans sa chambre, elle n'arrêtait pas de penser à lui, à ses cheveux d'or, à son regard bleu électrique. Elle sentait encore sa caresse de l'autre nuit sur sa joue... Elle savait qu'elle était un peu froide, en ce moment, avec Neil, mais que pouvait-elle y faire ? Elle n'arrivait pas à détacher ses pensées de Rodolphe.

A la fin de l'heure, Kendra rangea rapidement ses affaires et sortit du studio. Elle se dépêchait pour ne pas avoir à affronter Neil. Mais elle vit qu'il la regardait s'enfuir, d'un air perplexe.

Elle se dirigea vers son vestiaire et, tandis qu'elle prenait sa veste, elle entendit Hallie derrière elle :

— Tu veux aller au cinéma cet après-midi ? demanda-t-elle. Je ne sais pas comment ça se passe pour toi, mais moi, je n'ai pas encore de devoirs, et je veux profiter de mes derniers moments de liberté.

— Oui, c'est une chouette idée, acquiesça Kendra.

Elles se mirent d'accord sur le film et se donnèrent rendez-vous une heure plus tard.

Arrivée chez elle, Kendra se précipita à l'étage afin de se débarrasser de ses bouquins et de se recoiffer rapidement. Mais elle entendit du bruit dans la chambre de Lauren. Un tiroir se referma en claquant, puis de l'eau coula dans la salle de bains.

Kendra traversa le couloir à toute vitesse. Elle ouvrit la porte de la chambre : une grande valise était ouverte sur le lit.

— Lauren ? appela-t-elle.

Quelque chose a dû arriver pour qu'elle rentre précipitamment à la maison. Quelque chose de grave...

— Lauren ? répéta-t-elle, effrayée.

Une fille très mignonne sortit de la salle de bains en s'épongeant le visage dans une serviette de toilette.

— Oh ! Bonjour ! Tu dois être Kendra ! Moi, je suis Ariane Belloche, dit-elle avec un léger accent français. Ça me fait très plaisir de te rencontrer ! J'attendais ce moment avec impatience !

Elle lui tendit la main. Kendra la serra, essayant de sourire. Elle était trop surprise pour parler.

Que faisait cette inconnue dans la chambre de sa sœur ?

— Oncle Graham et Dinah ont dû te parler de moi, ajouta Ariane.

Oncle Graham ?

— Je suis vraiment contente d'être ici ! continua-t-elle. Quand Graham m'a invitée, ça m'a fait terriblement plaisir. Je l'adore !

Son anglais était parfait. Et quand elle parlait avec son petit accent, on avait l'impression qu'elle chantait.

— J'espère qu'on va être copines, Kendra. Mon oncle m'a dit tellement de bien de toi !

— Euh... Bienvenue... Ariane ! réussit enfin à articuler Kendra.

Elle ne pouvait s'empêcher de la regarder avec des yeux ébahis. Ariane n'était pas simplement jolie, elle était super canon ! Elle avait un look assez sophistiqué. Des cheveux châtains, coupés au carré, de grands yeux bruns, et un regard chaleureux. Elle était plus petite que Kendra, très menue, et elle était habillée avec beaucoup de recherche. Sa jupe en laine beige et son chemisier à manches longues lui allaient à merveille, tandis que ses collants blancs mettaient parfaitement en valeur le galbe de ses jambes fines.

— Tu as l'air si surprise ! s'écria Ariane, réalisant tout à coup que Kendra continuait à la dévisager, avec un regard ahuri. Tu ne m'attendais pas aujourd'hui ? Oncle Graham m'a pourtant affirmé qu'il allait téléphoner à ta mère, pour la prévenir que nous allions rentrer de Paris.

Qu'est-ce que cela signifiait ?

Dinah était rentrée la semaine dernière, pendant que Graham rendait visite à de la famille, en France. Mais ni l'un ni l'autre n'avaient fait allusion à une invitée.

Kendra se remit suffisamment de ses émotions pour être polie.

— Je suis tellement contente de te voir ! En fait, je ne t'attendais pas avant demain, mentit-elle.

Elle jeta un coup d'œil circulaire dans la chambre de Lauren.

— Le voyage s'est bien passé ? J'espère que tu as tout ce qu'il te faut, ici ?

— Oui, merci. Mme Stravos a été pleine d'égards pour moi.

Mme Stravos ? Pleine d'égards ? En voilà une surprise ! La gouvernante travaillait dur, elle était très efficace, mais Kendra n'aurait jamais déclaré qu'elle était *pleine d'égards* !

— Excuse-moi de me mêler de ce qui ne me regarde pas, Kendra, mais j'ai l'impression que tu avais prévu quelque chose. Alors, ne fais pas attention à moi, s'il te plaît. On aura le temps de discuter plus tard. Après tout, je vais rester ici une année entière !

Une année ? Kendra n'en croyait pas ses oreilles ! Elle dut se faire violence pour rester courtoise, malgré son étonnement et sa confusion.

— Oui, je devais aller au ciné avec une copine, expliqua-t-elle. Si tu veux, tu peux venir avec nous... ou je pourrais changer de programme et t'aider à ranger tes affaires...

— C'est très gentil à toi mais je ne veux pas te déranger. Et puis, je suis fatiguée par le voyage. J'ai envie de me reposer, parce que demain je vais avoir une journée difficile. Figure-toi que je dois rentrer à Wilbraham Academy ! Graham m'a dit que nous étions du même âge et que nous aurions probablement beaucoup de cours ensemble. Ne t'inquiète pas pour moi, je finirai bien par rencontrer tes amis un jour ou l'autre ! Ça me fera vraiment plaisir, d'ailleurs !

— Bon, d'accord. A tout à l'heure, alors !

Kendra lui fit un vague sourire et regagna sa chambre. Ariane avait l'air très gentille, mais Kendra était sous le choc. Avoir une invitée une année entière, ce n'était pas rien ! Et Ariane irait dans le même lycée qu'elle, aux mêmes cours ! Où Dinah et Graham avaient-ils la tête, quand ils lui avaient demandé de venir ? Il fallait qu'elle sache ! Tout de suite. Elle acheva de se brosser les cheveux et dévala les escaliers.

— Comment as-tu pu oublier de m'annoncer une nouvelle pareille ? demanda-t-elle.

Elle avait coincé Dinah dans son bureau et la fixait avec un regard glacial.

— Mais ne te mets pas dans un tel état, ma chérie ! fit Dinah en tripotant nerveusement le col de son chemisier en soie. Ça m'est sorti de l'esprit, voilà tout ! Il faut dire qu'avec tous ces préparatifs pour le départ de Lauren, nos vacances, etc. Pourquoi es-tu en colère ? Qu'est-ce que ça peut faire, qu'elle soit là ou pas ? Ariane Belloche est une jeune fille convenable, elle vient d'une grande famille parisienne, et Graham m'a assuré qu'elle était très bien élevée.

— J'ai horreur des surprises, déclara froidement Kendra.

— Oui... En fait, je dois t'avouer que ça a été une grosse surprise pour moi aussi. J'ignorais qu'Ariane comptait tellement aux yeux de ton beau-père. Il ne m'en avait parlé qu'une seule fois, et à l'époque, je n'y avais pas vraiment fait attention. Pour dire la vérité, je l'avais même totalement oubliée... jusqu'à ce qu'il nous présente, à Paris. Tu devrais les voir ensemble ! Ils ont tellement d'affection l'un pour l'autre, c'est charmant ! C'est d'ailleurs étonnant, quand tu songes que Graham n'est son oncle que par alliance ! En fait, Ariane est la nièce d'Helen.

— Helen ? répéta Kendra, encore plus abasourdie qu'auparavant.

— Oui, tu ne vas pas me dire que tu ne te souviens pas d'elle !

Kendra fit non de la tête. Helen était la seconde épouse de Graham. Il s'était marié avec elle après le décès de sa première femme, la mère d'Anthony. Helen et la fille de Graham, Syrie, étaient toutes deux mortes dans un accident tragique : leur jet privé s'était écrasé contre une falaise. Elles étaient enterrées dans le cimetière de famille, au fond du jardin.

— Je pense que Graham a eu une excellente idée d'inviter cette jeune fille, continua Dinah. Comme Lauren n'est plus là, il a pensé que ça nous ferait du « sang frais » à la maison. Ça paraît bizarre de dire ça, pourtant c'est l'expression qu'il a employée, je m'en souviens parfaitement... Et il avait raison. Ariane est très mignonne, et je ne comprends pas que tu fasses tant d'histoires à son sujet !

Dinah lissa les plis de sa jupe et prit quelques papiers sur son bureau. Elle était satisfaite de sa mise au point.

— Ariane doit rester avec nous une année entière. J'espère que tu vas l'accueillir gentiment.

— Bien entendu ! Mais ça n'empêche que je n'aime pas rentrer à la maison et voir une inconnue prendre possession de la chambre de ma sœur sans qu'on m'ait prévenue.

— Attends-toi toujours à l'inattendu, Kendra !

Dinah rit à ce qu'elle croyait être une remarque très spirituelle.

— Oh, je t'en prie !

— Tu verras. Ariane et toi allez parfaitement vous entendre, j'en suis certaine !

Pour une fois, Kendra dut admettre que Dinah avait raison. Elle ne pouvait s'empêcher d'aimer Ariane. Et ses amis de Wilbraham l'adoraient également.

Ariane était extrêmement sociable. Et pour ne rien gâter, elle avait très bon goût. Les copines de Kendra n'arrêtaient pas de lui demander des conseils en matière de vêtements ou de maquillage. Elle était toujours ravie de les aider et n'essayait jamais de les snober ou de prendre des airs supérieurs. Et tous les garçons étaient à ses pieds... surtout Anthony, qui ne l'avait pas revue depuis qu'ils étaient petits.

— C'est étrange que tu n'aies pas cherché à savoir ce qu'elle devenait, remarqua Kendra.

— Non, pas vraiment. J'étais beaucoup trop jeune quand ma mère a disparu, et que Graham s'est remarié avec Helen. Je ne pensais jamais à sa famille en Europe. Ce n'étaient pas mes vrais parents, après tout. Je n'ai rencontré Ariane et sa mère qu'une fois, il y a très longtemps, lorsqu'elles étaient venues en vacances à New York. Et Graham ne m'a jamais emmené à Paris, lorsqu'il y allait avec Helen, après la naissance de Syrie. Quand ils faisaient ces voyages, j'étais soit en internat, soit en colonie...

— Mais en grandissant, tu n'as pas essayé de la connaître? Après tout, Ariane et Graham semblent tellement proches l'un de l'autre. Il a bien dû t'en parler!

— Eh bien, figure-toi que non! Jamais! C'est d'ailleurs assez étonnant: je rencontre une fille géniale, et je me rends compte qu'elle appartient à ma famille depuis toujours! Ça fait vraiment drôle! Maintenant, évidemment, j'ai envie d'en savoir un peu plus sur ces parents éloignés. Je vais tâcher de me renseigner...

Un sourire timide éclaira son visage, et il dit doucement :

— Elle est super, tu ne trouves pas?

— Oui, acquiesça Kendra, à contrecœur.

Apparemment, Anthony était dingue d'Ariane. En vérité, tout le monde l'adorait.

Sauf Max.

Un jour, Kendra, Hallie, Ariane et Judy Matthews, une autre copine du lycée, passaient l'après-midi à la maison et essayaient du maquillage qu'Ariane avait rapporté de Paris.

— Dément! s'exclama Hallie en admirant le rouge à lèvres nacré.

— Tiens! Je crois que j'ai le même, ou presque, fit Kendra en se levant pour aller le chercher.

Elle fouilla le tiroir de sa commode et continua :

— C'est bizarre, j'étais pourtant sûre de l'avoir rangé ici!

Mais le rouge à lèvres avait disparu.

Elle était tellement concentrée à fouiller le tiroir, qu'elle ne vit pas Max pousser la porte avec sa truffe et entrer dans la pièce. Quelques secondes plus tard, elle entendit un grognement sourd et menaçant, puis un cri terrifié.

Kendra se retourna d'un bloc et vit Ariane recroquevillée dans un coin de la chambre. Max était planté devant elle, prêt à attaquer. Ses poils étaient hérissés sur son dos.

— Max ! appela Kendra.

Il se mit à aboyer furieusement, sans même regarder sa maîtresse. Kendra avait du mal à le croire. Elle n'avait jamais vu Max aussi agressif.

— Max ! Arrête ! Tout de suite !

Le gros chien noir fit quelques pas en arrière et vint s'asseoir aux pieds de Kendra en gémissant.

— Tu n'as pas honte ? Qu'est-ce qui t'a pris ? Allez, sors maintenant ! Ouste ! Je ne veux plus te voir.

Elle le saisit par le collier et le tira vers la porte. Elle resta en haut de l'escalier pour s'assurer qu'il partait. Quelque chose, chez Ariane, avait fait peur à Max. Kendra réalisa alors qu'il s'était comporté bizarrement depuis l'arrivée de la jeune fille. Qu'est-ce qui pouvait bien l'effrayer, lui, un gros chien d'habitude si gentil ? Ça devait nécessairement être assez sérieux, pour qu'il soit prêt à attaquer. Ce constat mit Kendra mal à l'aise...

Il y a peut-être vraiment une chose qui cloche chez Ariane, se dit-elle.

Lorsqu'elle revint dans sa chambre, Ariane était très pâle, mais elle faisait comme si rien ne s'était passé. Quand elle prit sa trousse de maquillage, ses mains tremblaient : elle avait vraiment eu la frousse. Elle sortit néanmoins un tube de mascara, avec des paillettes argentées, et proposa à Judy de la maquiller devant le miroir.

Hallie se retourna et interrogea Kendra du regard. Max ne s'était jamais comporté comme ça, elles le savaient aussi bien l'une que l'autre. Pour toute réponse, Kendra se contenta de hausser les épaules.

Plus tard dans l'après-midi, elle réussit à parler à Ariane en privé.

— Je suis désolée, pour Max, fit-elle. Je ne comprends vraiment pas ce qui lui a pris.

— Oh, ne t'inquiète pas, ce n'est pas grave ! répondit Ariane, sur un ton léger. J'ai toujours eu un peu peur des chiens, il a dû le sentir. C'est comme les chevaux. Ils savent très bien quand tu n'es pas à l'aise avec eux.

La conversation en resta là. Elles ne revinrent plus sur l'incident. Mais cela embêtait quand même Kendra. Pourquoi Max avait-il agi de façon tellement inattendue ? Pour s'assurer qu'il ne recommencerait plus, elle crut bon de lui interdire d'entrer dans sa chambre... et même de monter au troisième étage.

— Salut, Ken ! claironna Anthony, quand elle arriva en bas des escaliers. Tu n'aurais pas vu Ariane par hasard ?

Kendra fut un peu vexée. Elle avait l'impression que plus personne ne lui parlait sans mentionner la jeune fille.

— Tu ne voudrais pas recommencer ta tirade, dans le genre : *Salut, Ken ! Comment ça va, aujourd'hui ? Tu as l'air radieuse !*

Le garçon sourit.

— C'est exactement ce que je voulais dire !

— Je m'en doutais, répliqua-t-elle en riant. Mais pour répondre à ta question, non, je n'ai pas vu Ariane.

Ils traversèrent l'immense hall en marbre pour se rendre dans le salon. Il était vide.

— Elle n'est pas ici, fit Kendra.

— Non, je vois bien. On devait aller jouer au tennis, cet après-midi, mais elle n'est pas sur le court. J'ai vérifié.

— Je sais pourquoi tu aimes tant jouer avec elle : c'est parce que tu gagnes tout le temps !

Anthony haussa les épaules.

— J'essaie juste de faire en sorte qu'elle soit heureuse parmi nous.

— Je sais, rétorqua Kendra. J'ai dit ça pour te taquiner ! Tu l'aimes bien, hein ?

Il sourit timidement.

— Écoute, j'en suis ravie ! s'empressa d'ajouter Kendra.

C'est vraiment une fille géniale, et après ce qui s'est passé avec Max, elle doit être contente d'avoir un garde du corps.

Anthony la regarda d'un air interrogateur. Quand elle lui révéla la conduite du chien, l'autre jour, il ne put s'empêcher d'éclater de rire.

— Je suis sûr que c'était un jeu! Il n'a jamais attaqué personne. Jamais!

— D'accord! Nous ne sommes qu'une bande d'hystériques, et nous imaginons des horreurs pour nous faire peur, fit Kendra, indignée. C'est vraiment dommage que tu n'aies rien vu!

Anthony leva un sourcil, surpris par le ton coupant de Kendra.

— Non, je n'ai rien vu, mais je n'arrive pas à croire que Max ait pu faire une chose pareille...

La jeune fille haussa les épaules et changea de sujet.

— Pourquoi n'essaies-tu pas de retourner sur le court? suggéra-t-elle. Elle est peut-être sortie par la porte de derrière, et vous vous êtes ratés. Moi, je vais continuer à la chercher de mon côté. Si je la trouve, je lui dirai qu'une nouvelle leçon l'attend. Intitulé du cours d'aujourd'hui : « Comment perdre avec le sourire. »

— Merci, répondit Anthony, qui appréciait son humour.

Il lui fit signe avec une de ses raquettes de tennis et sortit.

Kendra fureta encore au rez-de-chaussée. Elle aimait bien se promener dans les vastes pièces. Elle jeta un coup d'œil dans le bureau de sa mère et dans celui de Graham. Mais il n'y avait aucune trace de la jeune fille.

Au bout d'un moment, elle décida d'aller faire un tour dans la cuisine et de boire un jus de fruits avant de reprendre ses recherches.

Elle ouvrit la porte. Au début, elle crut que la pièce était vide, comme les autres. Mais elle les aperçut bientôt, dans un coin, près de la buanderie. Elles discutaient à voix basse. Ariane et Mme Stravos.

— Ah, vous êtes là! s'écria-t-elle. Anthony te cherche partout, Ariane! Il est...

Ariane et Mme Stravos s'arrêtèrent brusquement de parler et relevèrent la tête. Elles avaient une expression si bizarre que Kendra ne put même pas achever sa phrase.

Elles réagissent comme si j'étais une intruse!

Elles ne dirent rien, se contentant de la regarder, froidement.

Kendra perdit soudain patience.

C'est chez moi, ici! Comment osent-elles me considérer comme une étrangère?

Tout à coup, une grosse casserole se mit à déborder sur la gazinière. Il y avait de la fumée partout, et de la sauce rouge — on aurait dit du sang! — se répandit sur le sol. En fait, le récipient semblait exprimer la colère de Kendra!

Les trois femmes ouvrirent grand les yeux; elles étaient sous le choc.

Mme Stravos se leva vivement afin de remédier à la situation.

— J'avais éteint le feu, affirma-t-elle en se précipitant vers la gazinière. Je suis sûre que je l'avais éteint!

Ariane en profita pour se glisser par la porte de derrière, et disparut sans bruit.

De quoi pouvaient-elles bien discuter? se demanda Kendra, tandis qu'elle versait nerveusement du jus d'orange dans un verre. Pourquoi font-elles des messes basses? Et pourquoi ont-elles pris un air coupable, quand je suis entrée?

Plus tard, Kendra repensa à Mme Stravos: elle avait beaucoup changé depuis la mort affreuse de son mari, survenue quelques mois auparavant. L'homme prenait tellement soin de la pelouse et du jardin... se rappela Kendra avec tristesse. Elle se remémora les circonstances horribles de son décès : Kendra était présente quand on l'avait retrouvé, étendu sur le sol, une paire de coupe-haies enfoncée dans la poitrine.

A partir de ce jour, Mme Stravos était devenue encore plus secrète qu'avant. Elle parlait à peine. Elle avait l'air sombre, et ses pensées semblaient vagabonder. En réalité, elle continuait à souffrir de la disparition de son mari.

Cependant, depuis l'arrivée d'Ariane, Mme Stravos affichait une mine plus réjouie et elle se donnait beaucoup de mal pour lui faire plaisir.

Quand Kendra était entrée dans la cuisine, à l'improviste, elle avait vraiment eu l'impression qu'elles étaient toutes deux en train de comploter. Mais de quoi s'agissait-il ? Comment se faisait-il qu'elles soient tellement amies ?

Kendra se posait des questions sur Ariane, aussi. Elle la trouvait bizarre, parfois... Il faudrait la garder à l'œil !

5

... Et n'oublie pas, Kennie, tu m'as promis de faire attention à Vinnie ! Tu le salueras de ma part et tu lui donneras une pomme. S'il est vraiment trop triste, donne-lui aussi un morceau de chocolat...

Kendra éclata de rire à la lecture de la dernière lettre de Lauren.

Elle était assise sur un banc de pierre, dans le vieux cimetière de famille, au fond du jardin. A sa grande surprise, elle ne trouvait pas le lieu morbide. Depuis le premier jour, elle s'était sentie attirée par cet endroit : des arbres immenses, plusieurs fois centenaires, entouraient les stèles et les protégeaient du soleil brûlant de l'aprèsmidi. Kendra était sereine lorsqu'elle regardait les pierres tombales. Comme s'il existait une relation, un peu étrange et effrayante, entre elle-même et les gens qui étaient enterrés là.

Sans qu'elle sache pourquoi, elle aimait particulièrement s'asseoir près de la tombe d'Helen — la deuxième femme de Graham — et de leur fille, Syrie. Un lien spécial, qu'elle aurait été incapable d'expliquer, l'unissait à cette jeune fille qui avait connu une fin tragique.

Syrie... C'était un si joli nom ! En le prononçant, Kendra avait l'impression d'entendre le chant de la brise au travers des arbres.

Elle laissa la lettre de Lauren un instant et étudia la tombe. Elle avait déjà lu ses dates de naissance et de mort à maintes reprises. Pourtant, chaque fois, elle était émue jusqu'aux larmes. Syrie avait été tuée dans cet accident d'avion, alors qu'elle avait tout juste dix-sept ans. Le même âge que Kendra...

Une curieuse pensée traversa son esprit. *Syrie avait dix-sept ans. J'ai dix-sept ans. Ariane également. Mais combien d'autres encore... ?*

Elle parcourut du regard les pierres tombales qui l'entouraient et frissonna de la tête aux pieds : la plupart d'entre elles contenaient le corps d'une jeune fille décédée à cet âge précis. Pourquoi leur vie s'était-elle arrêtée à ce moment-là ? Comment expliquer ces étranges coïncidences ?

Mais je suis vivante, et Syrie est...

Elle regarda de nouveau la tombe de la jeune fille précocement disparue. C'était surprenant de se sentir si proche d'elle, alors qu'elles ne s'étaient jamais rencontrées.

Soudain, prise d'une impulsion, elle s'approcha de la pierre.

— Syrie ? murmura-t-elle, doucement.

Une forte brise se leva d'un coup et souffla dans le cimetière. Les feuilles des arbres bruirent, elles semblaient chuchoter : chhhhhh...

L'atmosphère se refroidit. Une obscure sensation de peur s'empara de Kendra. Que se passait-il ? Quelque chose de dangereux circulait dans l'air, tellement proche qu'elle en sentait la menace. Elle tressaillit et essaya de ne pas se laisser ébranler par cette impression fugace. Elle reprit la lettre de Lauren et poursuivit sa lecture, comme si de rien n'était.

Je commence à m'habituer au fait qu'il n'y ait que des filles dans le lycée. Mais, entre nous, je dois t'avouer que certains moniteurs de ski sont craquants. A côté, Neil et Anthony font vraiment pâle figure, tu peux me croire... Mais non, c'était juste pour plaisanter ! La plupart des filles sont sympas, je m'entends bien avec tout le monde. Surtout avec

Mumtaz (chouette comme prénom, tu ne trouves pas ?). Elle vient d'Inde, et ses cheveux sont si longs qu'elle peut s'asseoir dessus. C'est dingue !

Une plainte sourde s'éleva dans l'air.

Qu'est-ce que c'est ? Quelqu'un a-t-il prononcé mon nom ?

Kendra regarda autour d'elle. Elle était seule. Et la plainte avait brusquement cessé.

Elle termina sa lecture :

Tu ne peux pas savoir combien tu me manques. Et si toi aussi tu es triste parce que je ne suis pas là, tu n'as qu'à manger la moitié du morceau de chocolat réservé à Vinnie. Allez, à bientôt ! Et plein de gros bisous !

Elle rangea la lettre dans sa poche. Elle y répondrait ce soir. Puis elle sortit une enveloppe qui venait de Paris. Michel lui avait écrit. La dernière fois qu'elle lui avait donné de ses nouvelles, elle lui avait parlé de l'arrivée inattendue d'Ariane.

A sa grande surprise, Michel lui disait qu'il la connaissait vaguement. C'était l'amie d'un de ses camarades de classe. Il ajoutait qu'il n'aimait pas les ragots, mais il croyait savoir qu'Ariane avait eu quelques petits problèmes, l'an dernier, à Paris. Il était bien content qu'elle ait pu partir s'installer à New York, pour quelque temps. Ça lui ferait probablement du bien.

Quel genre de problème? se demanda Kendra. Ariane avait l'air tellement gentille et innocente. La lettre était écrite en français, comme d'habitude, et Kendra n'avait peut-être pas bien compris ce que Michel voulait lui dire...

Elle replia la missive et se leva. Il fallait qu'elle aille vérifier dans le dictionnaire.

En se tournant pour quitter le cimetière, elle aperçut soudain une lueur étrange sur la tombe de Syrie. Elle observa les environs pour voir ce qui provoquait ce phénomène surnaturel, en vain. Et en regardant à nouveau la pierre, elle réalisa que celle-ci avait repris son aspect habituel.

Elle soupira en songeant que son imagination lui jouait des tours.

C'est bizarre. J'étais pourtant sûre de l'avoir rangé ici !

Kendra cherchait le petit paquet des lettres qu'elle avait reçues de Michel, afin d'y ajouter la nouvelle. Elle se rappelait l'avoir caché au fond du tiroir de son bureau, mais il n'y était plus.

L'espace d'un instant, elle se dit qu'elle avait dû le mettre ailleurs sans s'en rendre compte... Mais non, elle était certaine de l'avoir rangé dans ce tiroir-là.

Tout à coup, elle se souvint qu'elle avait aussi perdu son rouge à lèvres récemment. Quelqu'un fouillait-il dans ses affaires ? Lui volait-on des objets ?

Ariane !

Le nom lui vint tout naturellement à l'esprit. Qui d'autre aurait l'idée d'entrer dans sa chambre pour examiner ses tiroirs ? Certainement pas Dinah, et encore moins Anthony ou Graham. C'était donc forcément Ariane... Mais pourquoi ? Que pouvait-elle bien chercher ?

Kendra ne voulait pas l'accuser, mais elle se sentait de plus en plus mal à l'aise avec leur nouvelle invitée. Elle se posait trop de questions à son sujet, et n'obtenait que des réponses insatisfaisantes.

D'ailleurs, pourquoi la jeune fille avait-elle quitté Paris ? A bien y réfléchir, cette façon qu'elle avait eue d'apparaître tout à coup sans prévenir était bizarre... D'accord, Dinah avait tenté de lui donner une explication rationnelle, mais elle ne tenait pas debout ! Et puis de quoi Ariane discutait-elle avec Mme Stravos ? Kendra était sûre que ça la concernait !

Elle s'assit sur son lit et examina la situation. Finalement elle se dit que ce n'était pas la peine de se rendre malade pour un malheureux rouge à lèvres et quelques lettres sans importance. Peut-être avait-elle tout simplement rangé ces objets à une place inhabituelle ? Elle les retrouverait tôt ou tard, ils ne devaient pas être loin...

Elle décida qu'elle n'en parlerait à personne, et alla cacher la dernière lettre de Michel dans la poche de son vieux blouson de ski, tout au fond du placard.

Or, quelques jours plus tard, son cahier de sciences disparut à son tour. Ses soupçons à propos d'Ariane refirent surface. Cette fois-ci, elle était absolument sûre d'avoir laissé ce cahier, avec tous les autres, sur sa commode. Et il n'y était plus !

— Ariane ! appela-t-elle en traversant le couloir qui la séparait de la chambre de Lauren.

Ça commençait vraiment à bien faire ! Il fallait qu'elles s'expliquent. Tout de suite !

Mais Ariane n'était pas là. Elle devrait attendre. A moins qu'elle ne prenne la décision de...

Elle se mit à fouiller la chambre, et n'eut pas à chercher longtemps : son cahier se trouvait dans le tiroir du bureau, avec les affaires d'école d'Ariane. Elle le prit et resta plantée là, sous le choc. Pourquoi Ariane prenait-elle ce qui ne lui appartenait pas ?

Elle allait quitter la pièce, puis se ravisa. La jeune fille lui avait peut-être volé autre chose...

Kendra fouilla nerveusement le reste du bureau. Comme elle ne trouvait rien, elle jeta un coup d'œil dans la commode. Elle se sentait de plus en plus mal à l'aise. A l'instant précis où elle refermait le tiroir du haut et s'apprêtait à sortir, elle entendit du bruit.

— Qu'est-ce que tu fais ici ? demanda doucement Ariane.

Kendra fit volte-face et se sentit rougir comme une pivoine.

— Tu avais pris mon cahier, alors je suis venue le récupérer, déclara-t-elle sèchement.

Cette fois, ce fut au tour d'Ariane de devenir écarlate. Elle pénétra dans la pièce et battit des paupières, honteuse. Elle regarda le cahier que Kendra tenait à la main, et dit d'une voix tremblante :

— Je t'en supplie, excuse-moi ! Je... je ne voulais pas... Je suis désolée, je te jure ! Tu es tellement meilleure que moi, en sciences. Je voulais juste emprunter ton cours.

— Alors, comme ça, tu es entrée dans ma chambre et tu m'as volé mon cahier ?

— Je pensais te le demander avant, mais tu n'étais pas là.

— Tu n'as pas le droit de fouiller dans mes affaires ! Sous aucun prétexte ! Je te l'interdis ! explosa Kendra.

La violence de sa colère la surprit elle-même. On aurait dit qu'elle ne pouvait plus contenir ses sentiments à l'égard de la jeune fille.

— Ne t'avise plus de remettre les pieds dans ma chambre quand je n'y suis pas ! Et ne touche plus jamais à ce qui m'appartient ! hurla-t-elle.

Les yeux d'Ariane s'emplirent de larmes.

— Je voulais juste... faire mes devoirs. C'est dur pour moi de me remettre à votre niveau. Et c'est important. Je ne peux pas me permettre de rater mon année scolaire...

Elle éclata en sanglots. Elle paraissait si malheureuse que Kendra regretta ses paroles. Ariane avait l'air tellement convaincante que sa colère s'envola.

— Allez, laisse tomber, lança-t-elle pour la réconforter. Ce n'est pas grave, après tout.

— Non, je sais bien que tu es furieuse contre moi. Mais je ne t'en veux pas. Je n'aurais jamais dû entrer dans ta chambre sans te demander la permission.

— Non, ne t'inquiète pas. Ce n'est rien.

— Si, j'ai honte de moi. J'aimerais que nous soyons amies, continua-t-elle en pleurnichant.

— Mais nous sommes amies ! s'exclama Kendra. Et si tu le souhaites, je t'aiderai à faire tes devoirs de sciences. Quand tu veux. Et puis, tu pourras aussi m'emprunter mon cahier. Tu n'auras qu'à me prévenir avant. D'accord ?

Ariane renifla et se moucha. Elle fit oui de la tête et sourit, soulagée.

Kendra quitta la pièce, pleine de remords. Elle n'avait pas eu l'intention de mettre la jeune fille dans un tel état.

Ce que tu peux être soupe au lait ! se reprocha-t-elle. Elle n'a fait qu'emprunter un malheureux cahier et toi, tout de suite, tu l'accuses de t'avoir volé ce que tu n'es même pas fichue de ranger à sa place !

En rentrant dans sa chambre, Kendra se souvint qu'Ariane était arrivée depuis peu. Elle était loin de ses amis et de sa famille. Alors, ce n'était pas étonnant qu'elle se mette à pleurer si facilement. Kendra n'aurait pas dû l'accuser si vite.

Elle s'assit à son bureau et ouvrit son livre de biologie. Mais tandis qu'elle lisait le chapitre sur la génétique, sa tache de naissance se remit à la démanger.

Était-ce encore un avertissement au sujet d'Ariane ?

6

Neil Jarmon examina le petit objet rouge que Kendra tenait au creux de sa main. Il n'en croyait pas ses yeux.

— C'est Lauren qui te l'a envoyé de Suisse ? demanda-t-il. C'était bien la peine ! Tu peux acheter les mêmes à New York !

— Oui, mais celui-là est spécial, sourit Kendra. En tout cas, Lauren croit qu'il est différent. C'est un véritable couteau de l'armée suisse, authentiquement officiel, je te signale ! Il contient au moins une trentaine d'outils, plus ingénieux les uns que les autres. Regarde, il y en a même un pour écailler le poisson !

— Oui, j'avais d'ailleurs remarqué que tu avais de plus en plus de mal à vivre sans cet écailleur !

Kendra rit de bon cœur. Elle était heureuse : Neil ne lui en voulait pas, pour l'autre jour, au studio de télé ; ils étaient toujours amis. Elle savait bien qu'il espérait continuer à sortir avec elle. Il faudrait pourtant qu'elle lui explique franchement les choses tôt ou tard.

Ils déjeunaient chez Mad Deli, sur Madison Avenue, comme d'habitude. C'était la première fois que Kendra y retournait depuis que son camarade de classe, Rob Prentis, avait failli mourir étouffé par une frite, le semestre dernier. Elle frissonnait, rien que d'y repenser !

Neil se pencha par-dessus la table et examina le couteau de près.

— Tu es sûre que tu peux l'apporter au lycée ?

— Bien sûr !

Elle le rangea au fond de son sac.

— Je le cacherai dans mon casier, continua-t-elle. J'ai vraiment l'impression que ce n'est pas un objet comme les autres, probablement parce que c'est Lauren qui me l'a envoyé. Et je ne veux pas le garder dans ma chambre.

— Pourquoi ? demanda le garçon.

Parce que je ne supporterais jamais qu'Ariane y touche ! songea-t-elle. Il avait suffi qu'elle repense à la jeune fille pour que sa mine s'assombrisse.

— Mais qu'est-ce que tu as ? Tu es bizarre, tout à coup, fit Neil, inquiet.

Kendra ne sut que répondre. Elle avait peur d'être ridicule en exprimant ses craintes, mais elle ne voulait pas non plus mentir à son copain. Surtout pas au moment où ils étaient en train de redevenir amis.

— Ce n'est rien, répondit-elle. Enfin... j'espère ! Mais récemment, j'ai remarqué que plusieurs objets avaient disparu de ma chambre.

— Par exemple ? De quoi parles-tu ?

Neil avait l'air de ne rien comprendre.

— Eh bien, au début, c'étaient de petites choses : un rouge à lèvres, des lettres, des habits ou mes cahiers... Et puis, ce matin, j'ai remarqué que je n'avais plus mon bracelet.

— Celui que Graham t'a offert ?

Kendra fit oui de la tête.

Graham lui avait fait cadeau de ce bijou quelques jours seulement après leur emménagement. Il était magnifique. C'était une chaîne en or, très délicate, ornée d'une multitude de gouttelettes en pierres précieuses, couleur sang. Il avait appartenu à Syrie, la fille de Graham. Ça embêtait un peu Kendra de le porter, mais elle y était très attachée. En réalité, elle se sentait attirée par tout ce qui concernait la vie de la jeune disparue. Mais elle ne pouvait expliquer cela. Tout comme elle était incapable d'expliquer ses préjugés à l'encontre d'Ariane.

— Tu crois que quelqu'un te vole tes affaires ? demanda Neil.

— Oui. C'est Ariane, déclara Kendra, apparemment désolée.

— Non, c'est pas possible ! Elle est tellement sympa... Je ne l'imagine pas du tout en train de te piquer des trucs !

— Mais je ne vois pas qui ça pourrait être, à part elle, répliqua Kendra d'un air sombre. Ça ne peut pas être Dinah, ni mon beau-père. Ni même Anthony. Ce n'est pas le genre de choses qui l'intéresse. Qu'est-ce que tu voudrais qu'il fasse d'un rouge à lèvres ? Quant à Mme Stravos, ça fait des années qu'elle travaille pour Graham. Elle est peut-être un peu grincheuse, mais je suis certaine que ce n'est pas une voleuse.

Neil hocha la tête, incrédule.

— Tu devrais te ressaisir, Ken. Ce n'est pas parce que tu as égaré deux ou trois objets sans importance que tu dois accuser Ariane. En plus, elle te trouve très chouette, alors ça m'étonnerait qu'elle ait envie de te piquer des choses. A mon avis, elle ne prendrait jamais le risque de te mettre en colère. Elle tient trop à toi !

Kendra soupira et laissa tomber le sujet. Neil pensait qu'elle était dingue. C'était bien pour ça qu'elle n'en avait pas encore parlé à Graham ou à Dinah. Eux aussi l'accuseraient d'être distraite. Sa conversation avec Neil lui prouvait qu'à l'avenir elle devrait faire attention à ce qu'elle dirait à propos d'Ariane. Jusqu'à ce qu'elle ait rassemblé suffisamment de preuves contre elle !

Cette nuit-là, Kendra gémit pendant son sommeil.

— Rodolphe ? appela-t-elle.

Elle faisait un rêve merveilleux, en couleurs. Doré et bleu électrique, avec toutes sortes de lumières chatoyantes. Quelque chose était caché dans ce tourbillon de feu, mais elle n'arrivait pas à distinguer ce que c'était.

Le carillon de cristal la réveilla. Les étincelles de son rêve étaient en train de virevolter autour d'elle.

— Je suis là, mon amour, chuchota une voix douce.

Kendra s'assit et se frotta les yeux. Elle ne rêvait pas. Il était revenu.

— Rodolphe ?

Lentement, il émergea des lumières mouvantes. L'éclat de ses cheveux couleur or illumina la pièce entière. Il s'approcha du lit et sourit.

Kendra était ravie de le revoir. Sa présence lui procurait un plaisir immense.

— Tu m'as appelé en rêve, Kendra. Je te manquais, autant que tu me manquais.

Elle hocha la tête, attendant la suite.

— Nous sommes faits l'un pour l'autre, continua Rodolphe. J'ai besoin de toi, tu sais.

Rodolphe avait besoin d'elle ?

— Je... je ne comprends pas...

Il lui sourit de nouveau et elle sentit une vague de chaleur la submerger. Il se pencha vers elle et effleura ses lèvres.

— As-tu égaré des objets, récemment ?

Kendra était encore plus confuse que tout à l'heure. Comment savait-il qu'elle perdait ses affaires ?

Il sembla lire dans ses pensées.

— Je connais tout de toi, Kendra. Car même quand nous sommes séparés, je suis avec toi.

Il la regarda dans les yeux et ajouta :

— Tu tiens beaucoup au bracelet de Syrie, et tu sais que tu peux punir celle qui l'a volé. Tu n'as qu'à l'envoyer loin de toi. Très loin. Là où elle ne pourra plus jamais faire de mal à personne. Tu peux te débarrasser d'elle si tu la détestes vraiment.

Kendra secoua la tête.

— Mais je ne déteste personne ! Et d'ailleurs, si c'est bien elle la coupable, comment pourrais-je la punir ? Elle est la nièce de Graham. C'est lui qui l'a invitée.

Rodolphe lui caressa la joue.

— Tu peux faire presque tout ce que tu veux, Kendra. Tu es une Sensible. Et pas des moindres, je t'assure.

— Quoi ? Une Sensible ? Qu'est-ce que ça veut dire ?

— Les Sensibles sont des êtres qui ont des pouvoirs surnaturels. Des jeunes filles comme toi, nées sur le dernier coup de minuit. Il y a beaucoup de Sensibles de par le monde, et ils ont tous la capacité de contrôler la vie autour d'eux. Toi aussi, tu as cette faculté, Kendra. Tu as même le pouvoir de donner ou d'enlever la vie, sur simple commande.

Kendra eut du mal à l'écouter sans protester.

— Mais c'est affreux ! s'exclama-t-elle. Je ne veux pas de ces pouvoirs !

— Néanmoins, tu les possèdes, répondit Rodolphe. Et tu les as déjà utilisés.

Elle réfléchit une seconde, puis retint son souffle.

— Neil ?

— Oui, c'est grâce à toi qu'il a eu la vie sauve. Rien qu'à toi !

Kendra ferma les yeux. Elle se rappelait comment le sol s'était subitement dérobé sous les pieds de Neil, comment il avait glissé le long de la paroi abrupte de la falaise... et comment il s'était rattrapé, de justesse, à une vieille souche. C'était donc elle qui avait mis fin à sa chute ? C'était elle qui avait empêché sa mort ?

Si Rodolphe disait la vérité, si elle avait vraiment ce genre de pouvoirs, c'était peut-être elle aussi qui avait fait du mal à Neil. Qui l'avait poussé à tomber du chemin...

A moins que ce ne soit Rodolphe !

Elle rouvrit brusquement les yeux et le regarda en face.

— Tu l'as sauvé, Kendra, murmura-t-il à nouveau, son regard transperçant le sien.

Une ombre obscurcit le visage de l'adolescente : elle se sentait perdue, elle avait peur.

Rodolphe sourit d'un air confiant.

— Je te l'ai avoué, j'ai besoin de toi. Tu es forte, Kendra. Tu es la Sensible qui me donnera la vie éternelle. Rien ne pourra m'écarter de toi. Jamais !

La vie éternelle ? Elle secoua la tête. C'en était trop pour elle. Elle ne comprenait plus.

— Mais pourquoi moi ? S'il y a d'autres... comment les

appelez-vous, déjà ? S'il y a d'autres Sensibles, pourquoi ne pas avoir choisi quelqu'un d'autre ?

— Parce que personne n'a une force pareille. Et ta puissance va encore s'accroître. Un jour, tu me rejoindras dans un autre monde, pour vivre une existence mille fois plus belle que tout ce dont tu peux rêver...

— Quel... quel genre d'existence ?

— Une vie meilleure. Dans un monde de beauté et d'amour, où la mort n'existe plus.

L'esprit de Kendra fonctionnait à toute allure. Elle s'écarta soudain de lui. Qu'est-ce qu'il attendait d'elle, au juste ?

— Nous serons heureux tous les deux, Kendra. Je suis ton destin, ne l'oublie pas ! Nous sommes faits l'un pour l'autre, et tu le sais !

Il parlait doucement. Sa voix chaude la calmait, comme l'eau caressant les galets dans la rivière. Ses craintes s'évanouirent. Elle était submergée par le désir de rester auprès de lui, de faire partie intégrante de sa vie.

Il tendit un bras.

— Prends-moi la main. Viens près de moi. Regarde-moi dans les yeux.

Sans même s'en rendre compte, elle obéit.

Ces yeux... d'un bleu électrique, étincelants. Il avait un regard tellement profond qu'elle avait l'impression de s'y noyer.

Rodolphe referma ses bras autour d'elle. Elle ne fit rien pour l'en empêcher. C'était au-delà de ses forces. Elle se réfugia contre sa poitrine, avec un soupir de bien-être. Comme elle était heureuse, tout à coup ! Elle était totalement en sécurité !

— Kendra, murmura-t-il dans ses cheveux. Tu es si belle... Tu te sentiras toujours bien avec moi. Tu ne voudras plus jamais me quitter, tu verras.

— Plus jamais... chuchota-t-elle.

Les lèvres de Rodolphe se posèrent sur les siennes. Elle s'accrocha à lui, désespérément. Elle n'avait jamais éprouvé un pareil désir...

Ils restèrent ainsi un long moment, puis il s'éloigna, silencieusement. Les petites étincelles de lumière se refermèrent sur lui.

Et brusquement, la chambre parut vide, froide. Une douleur aiguë transperça le cœur de Kendra. Rodolphe était parti. Et il lui manquait déjà, horriblement.

7

Le lendemain, Kendra s'éveilla parfaitement reposée, comme si elle avait dormi plusieurs jours d'affilée. Elle resta étendue dans son lit : elle n'avait pas envie de se lever tout de suite. Avait-elle rêvé de Rodolphe ou était-il réellement venu ?

Non, elle n'avait pas rêvé. Tout était réel. Et bien réel même ! Elle sentait encore la chaleur de ses bras autour de son corps. Il lui manquait déjà tellement ! Et le pire était qu'elle ne savait même pas s'il reviendrait.

La sonnerie de son réveil la rappela brutalement à l'ordre. Elle s'élança sous la douche et s'habilla rapidement. Puis elle se précipita au rez-de-chaussée, pour prendre son petit déjeuner avant d'aller au lycée.

Mme Stravos était en train de servir Graham et Anthony. Le père se versait une tasse de café tandis que le fils essayait désespérément de garder les yeux ouverts.

En voyant Kendra, Graham sourit et lui dit bonjour.

— 'jour, fit Anthony d'un air endormi. Tu es prête pour cet affreux contrôle de maths ? demanda-t-il.

Kendra marmonna une réponse et but son jus de fruits.

Anthony leva un sourcil.

— Je vois que Mademoiselle est de très bonne humeur, ce matin !

Kendra le foudroya du regard. Tout ce qu'elle voulait, c'était qu'on la laisse tranquille. Elle avait besoin de réfléchir. Rodolphe lui manquait atrocement mais, de plus, elle était inquiète des propos qu'il lui avait tenus la veille. Avait-elle vraiment des pouvoirs ? Pouvait-elle réellement sauver quelqu'un ou lui faire du mal, simplement en y pensant ?

Anthony engloutit ses tartines avec vivacité et se leva d'un bond.

— A tout à l'heure, Kendra !

Elle lui répondit d'un signe de tête. Une minute plus tard, elle reposa ses couverts et attrapa ses livres. Elle dit au revoir à Graham et se dirigea vers la porte. Tandis qu'elle se hâtait vers le lycée, elle se demandait si elle aurait jamais une réponse à ses questions...

Le reste de la semaine, Kendra attendit mais Rodolphe ne revint pas, et elle ne constata pas non plus la moindre manifestation de ses prétendus pouvoirs. A son grand soulagement ! Rodolphe ne lui était peut-être apparu qu'en rêve, après tout...

Le vendredi soir, alors qu'elle se détendait dans le salon avec ses parents, Neil l'appela. Il voulait l'inviter à regarder une cassette vidéo. Mais elle refusa, sous prétexte qu'elle était un peu fatiguée et qu'elle préférait rester lire à la maison.

— Qu'est-ce qui se passe, Ken ? interrogea Neil. L'autre jour, j'avais l'impression qu'on s'entendait bien. Et voilà que tu redeviens froide. Tu ne veux plus sortir avec moi ?

— Mais si ! s'exclama Kendra en se demandant ce qu'elle allait dire ensuite. C'est juste que...

— Que quoi ? Tu es tellement bizarre, en ce moment ! Tu as des sautes d'humeur, je ne t'ai jamais vue comme ça... Parfois, tu es très cool, mais dès que je veux être tendre avec toi, tu te contractes. Je ne comprends pas.

— Moi non plus, répondit-elle sincèrement. Tu dois avoir raison. Je ne sais pas pourquoi je suis comme ça.

— Tu n'aurais pas rencontré quelqu'un d'autre, par hasard ? demanda Neil. Au lycée... ?

Kendra hésita.

— Non, ce n'est pas ça, finit-elle par déclarer. J'ai seulement besoin d'un peu de calme.

Neil ne répondit pas tout de suite.

— Bon, d'accord. Alors je te laisse tranquille.

Et il raccrocha.

Kendra resta assise un instant, le combiné à la main. Elle était peinée d'avoir blessé Neil. Mais elle n'avait pas pu s'en empêcher. A la vérité, il ne l'intéressait plus vraiment, ces derniers temps. Et il lui était difficile de prétendre le contraire. Ce n'est pourtant pas une raison pour me raccrocher au nez ! pensa-t-elle, furieuse.

Elle poussa un soupir, retourna dans le salon et reprit son magazine. Quelques minutes plus tard, Ariane descendit les escaliers. Elle était habillée comme un mannequin : elle portait une courte robe en lamé doré qui rehaussait les reflets de ses cheveux châtains. Autour de ses épaules nues, elle avait enroulé un grand châle transparent. Son maquillage était tellement réussi qu'il donnait l'impression d'être inexistant ; cependant ses yeux paraissaient plus grands que d'habitude et presque aussi brillants que sa robe.

Elle pénétra dans le salon en faisant virevolter son châle. Son parfum sentait délicieusement bon.

Kendra détailla la robe d'Ariane, puis jeta un coup d'œil dégoûté à son vieux jean et à son T-shirt. L'espace d'un instant, elle eut l'impression d'être un crapaud.

— Je voulais juste vous dire bonsoir...

— Tu es resplendissante ! s'exclama Dinah.

— Merci ! fit Ariane en se penchant par-dessus le fauteuil de son oncle pour l'embrasser.

— Montre-moi un peu ça... dit-il. Oui, c'est vrai, tu es très belle ! Comme d'habitude. Ne rentre pas trop tard, hein ?

— Tu es prête ? appela Anthony, sur le pas de la porte.

Lui aussi s'était habillé pour sortir. Il avait mis son plus beau pantalon et une chemise neuve.

— Vous allez où ? demanda Kendra.

— Au Feathers, répondit le garçon. C'est un nouveau club. Ce soir, ce n'est que sur invitation...

— Oui, ajouta Ariane, l'air ravi. Ils ont invité Anthony et il m'a invitée à son tour ! Je suis super contente !

— N'oubliez pas vos clefs ! fit encore Graham, au moment où ils sortaient.

Après leur départ, le parfum de la jeune Française continua de flotter dans l'air.

Tout à coup, Kendra se sentit malheureuse. Ça l'embêtait de devoir rester seule à la maison.

Elle jeta son magazine sur le canapé et se leva. Après avoir vaguement souhaité une bonne nuit à Dinah et à Graham, elle gravit les escaliers. Sans pouvoir s'en empêcher, elle jeta un coup d'œil dans la chambre d'Ariane, pour voir si elle ne lui avait pas emprunté d'autres affaires. Mais elle ne trouva rien, ni sur le bureau ni sur la commode. Évidemment, Ariane n'était pas stupide au point de laisser traîner ce qu'elle avait volé...

Les yeux de Kendra se posèrent ensuite sur la table de nuit. Ariane y avait déposé une photo d'elle à Paris, en compagnie de deux de ses amies. C'était l'unique souvenir qu'elle avait rapporté de sa vie en France.

Kendra examina le cadre et se demanda ce qui avait bien pu se passer pour qu'Ariane décide brusquement de tout quitter. Michel avait parlé de problèmes qu'elle aurait eus, mais à quoi faisait-il allusion ? Et pourquoi était-elle venue chez Graham ?

En réalité, la vie de Kendra était totalement bouleversée, depuis l'arrivée de la jeune fille. Anthony n'était plus beaucoup à la maison, Max se comportait de façon bizarre, et ses affaires personnelles continuaient à disparaître. Elle n'avait toujours pas retrouvé son bracelet et elle était absolument certaine qu'Ariane l'avait dérobé.

Elle n'a rien à faire ici ! pensa Kendra avec mépris. Qu'elle retourne chez elle, à Paris !

Une seconde plus tard, la photo qui était posée sur la table de nuit glissa et tomba par terre. Le cadre heurta le parquet, se cassa, et le rectangle de verre se brisa en mille morceaux.

Kendra mit la main à sa bouche. Elle se précipita dans sa chambre, sans prendre la peine de remettre la photo en place. L'avait-elle fait tomber elle-même ? Était-ce cela le pouvoir dont Rodolphe parlait? Un pouvoir destructeur dont elle pouvait se servir, si elle le souhaitait, pour punir Ariane?...

Mais si je peux faire ça, je suis sûrement capable d'actions encore plus affreuses! se dit-elle.

Elle s'assit lourdement sur son lit. Elle ne voulait plus penser à ce qui venait de se produire, ni à ses prétendues facultés. Mais elle était incapable de s'en empêcher. Que se passait-il? Fallait-il qu'elle contienne sa colère désormais, de peur de détruire ce qui l'entourait?

Si au moins elle avait quelqu'un à qui se confier!

Graham?

Non. Kendra rejeta presque immédiatement cette idée. Elle aimait beaucoup son beau-père, mais il y avait toujours quelque chose en lui qui la mettait mal à l'aise.

Ces paroles, que Graham avait adressées à... un être dissimulé dans l'obscurité, quelques mois auparavant, résonnèrent à son esprit: *Tu en as déjà assez fait comme ça! Cesse de répandre la douleur et la souffrance sur ton passage...*

Kendra avait réellement l'impression qu'on lui cachait pas mal de choses ces derniers temps, ou plutôt que sa mémoire lui faisait cruellement défaut. Elle se rappelait parfois certains événements, mais il lui restait à découvrir l'essentiel. A propos de Graham, surtout. Elle avait le sentiment qu'elle ne pouvait pas, qu'elle ne devait pas lui faire confiance. La croirait-il, si elle lui révélait l'existence de Rodolphe? Non, certainement pas. Et il ajouterait encore moins foi à ses soupçons au sujet d'Ariane. N'était-ce pas lui qui l'avait invitée?

Des larmes de frustration se répandirent sur le visage de Kendra. Elle ne s'était jamais sentie aussi seule et perdue de sa vie.

Judy Matthews envoya la balle juste derrière le filet. Hallie plongea pour la rattraper, mais il était trop tard.

Judy et Kendra jouaient une partie en double contre Hallie et Neil.

Ce matin-là, Kendra avait décidé d'appeler son copain.

Malgré leur dispute de la veille, il avait semblé heureux d'entendre sa voix. Neil était un véritable ami, depuis si longtemps... Même si leur relation devait s'achever, elle ne voulait pas qu'il y ait de ressentiment entre eux.

Elle savait très bien que l'amitié n'avait rien à voir avec l'amour. Et Rodolphe n'avait laissé aucune place dans son cœur pour un autre...

Ils étaient à égalité depuis un bon moment, cependant Judy réussit à marquer les deux derniers points, et les filles remportèrent la partie.

— Je joue vraiment comme un pied ! s'exclama Hallie. Je ferais mieux d'aller prendre une douche. En espérant que je ne provoquerai pas une inondation !

— Ne sois pas découragée, répondit Neil. Tu ne t'en rends peut-être pas compte, mais tu as déjà beaucoup progressé cet été.

— On fait la belle ? demanda Judy, par-dessus le filet. Neil contre Kendra et moi ?

— Non, non. Je monte avec Hallie, dit Kendra. Jouez tout seuls.

— Mais t'es pas dingue ? murmura Hallie, tandis qu'elle quittait le court de tennis en compagnie de son amie. T'auras à peine fini de remonter la fermeture Éclair de ton étui à raquette, qu'elle va se jeter sur lui !

Kendra rit. Elle avait l'habitude de voir Judy flirter, surtout avec Neil. Mais ça ne l'inquiétait pas trop. D'ailleurs, Judy constituait vraiment un problème mineur, en ce qui concernait sa relation avec Neil.

— C'est un grand garçon, maintenant, lança-t-elle à Hallie en montant les escaliers. Il n'a qu'à se débrouiller !

Hallie leva les sourcils d'un air interrogateur.

— Moi, à ta place, je ne serais pas aussi confiante. J'estime que lorsqu'on possède une chose, on doit y faire attention. Sinon, on risque de la perdre.

Kendra s'arrêta brusquement, une marche au-dessus d'Hallie.

— Qu'est-ce que tu entends par là ?

— Ben, rien...

Hallie parut surprise de la réaction brutale de son amie.

— Ça m'embêterait que Judy essaie de sortir avec Neil, c'est tout, avoua-t-elle.

— Non, je veux dire, à propos de perdre ce qui nous appartient...

La jeune fille haussa les épaules.

— Mais rien de spécial, pourquoi ?

— Oh, laisse tomber, fit Kendra en se détendant un peu.

Il fallait qu'elle cesse de soupçonner tout le monde, à la fin !

— Allez, à la douche ! Vas-y la première ! Tu as beaucoup plus transpiré que moi !

Quand elles furent de nouveau fraîches, elles s'assirent sur le lit de Kendra et Hallie demanda :

— Alors, comment ça se passe, avec Ariane ?

— Bien ! répondit négligemment Kendra. Tu ne trouves pas qu'elle a bon goût ? D'ailleurs, je n'ai jamais vu une telle collection de vêtements, à part dans les magazines de mode, évidemment.

— Oui, tout ce qu'elle porte me fait baver d'envie. Tu t'imagines aller au lycée, habillée chaque jour comme un mannequin ? Je ne sais pas si tu as remarqué, mais la plupart des filles de la classe s'habillent nettement mieux depuis qu'elle est là. C'est dommage qu'elle soit si petite, on ne peut rien lui emprunter !

— Effectivement, la seule chose que je pourrais mettre, à la rigueur, c'est son parfum ! répliqua Kendra.

Hallie sourit, puis la regarda droit dans les yeux.

— Bon, tu vas me le dire, oui ou non ? Je sais qu'il y a un problème... Vous ne vous entendez pas ?

— Si, si ! Sauf que ça me fait une drôle d'impression de voir une autre fille dans la chambre de Lauren. Chaque fois que je passe dans le couloir, il me semble qu'elle est revenue.

Cette réponse ne parut pas satisfaire Hallie.

— Mais il n'y a pas que ça, hein ? Je vous ai observées toutes les deux : quelque chose ne passe pas. De plus, dès que tu entends son nom, tu te comportes de façon bizarre.

— C'est faux! s'exclama Kendra. Je l'aime bien. D'ailleurs, tout le monde l'aime bien!

— J'ai remarqué! Les autres sont dingues de notre petite invitée de Paris. Surtout Anthony... Est-ce que je me trompe?

Kendra fit non de la tête.

— Je suis désolée de te l'apprendre ainsi, Hallie...

— Oh, ne t'inquiète pas, je le savais depuis un bout de temps... Alors comme ça, tu n'aimes pas Ariane?

Kendra regarda son amie en face.

— Tu veux que je te dise franchement?

— Oui.

— Je l'aime bien, mais je ne lui fais pas confiance.

— Moi non plus, répliqua Hallie.

— Quoi?

— Ariane est sympa, c'est certain, poursuivit la jeune fille, mais parfois j'ai l'impression qu'elle cache un secret. Elle ne parle jamais de sa famille et de ses amis français, et je ne comprends toujours pas ce qu'elle est venue faire ici. Chercherais-tu à partir de chez toi, à tout quitter pour venir t'installer dans un pays étranger, sans raison? Par contre, si tu as commis une action grave...

Kendra ne put s'empêcher de prendre son amie dans ses bras. Elle était terriblement soulagée d'entendre quelqu'un partager ses sentiments à l'égard d'Ariane!

— Beaucoup de questions restent sans réponses... De plus, je suis quasiment sûre qu'elle me vole des affaires. Du maquillage, mon cahier de sciences, et même les lettres de Michel!

— Tiens, c'est étonnant, fit Hallie. Pourquoi s'intéresserait-elle à ce genre de choses? Franchement, Ken, il y a des trucs bien plus sympas à piquer que les lettres de Michel.

— Oui, mais je pense que ce qu'elle voulait savoir, c'est ce qui était écrit dans une lettre, en particulier.

Kendra lui expliqua rapidement de quoi il s'agissait et continua :

— Je ne sais pas exactement ce qui s'est passé à Paris, mais il y a certainement une bonne raison pour que Graham l'ait invitée à rester avec nous si longtemps. D'ailleurs, j'ai ma petite idée là-dessus.

Kendra entendit un bruit du côté de la porte et cessa immédiatement de parler.

Ariane était là et les regardait. Depuis combien de temps ? D'après son expression, elle avait dû entendre toute la conversation. Ses traits délicats étaient déformés par la colère, et ses yeux lançaient des éclairs.

Kendra en eut le souffle coupé. Elle avait été tellement heureuse d'oser enfin raconter ce qu'elle avait sur le cœur, qu'elle n'avait même pas songé à fermer la porte. Comment pouvait-on être aussi stupide ? Ça faisait des semaines qu'elle essayait de cacher ses sentiments à l'égard d'Ariane, et voilà qu'elle faisait la gaffe du siècle !

Quand elle croisa le regard de la jeune Française, ses joues s'enflammèrent.

— Tu crois tout savoir sur moi, hein, Kendra ? siffla Ariane entre ses dents. Tu imagines que tu es quelqu'un de spécial, que tu es supérieure aux autres... Mais tu te trompes ! Tu ne sais rien. Rien du tout !

Sur ces mots, elle fit volte-face et disparut dans le couloir.

Kendra et Hallie se regardèrent sans rien dire, tandis qu'Ariane dévalait les escaliers et claquait la porte d'entrée derrière elle.

8

Le lundi matin, Graham salua Kendra qui venait de pénétrer dans la salle à manger.

— Ah ! Voilà enfin réunies les deux plus belles fleurs de mon jardin ! s'exclama-t-il.

Kendra sursauta et se retourna : elle n'avait pas remarqué qu'Ariane marchait sur ses talons. Elles ne s'étaient pas parlé depuis la scène de la chambre, le samedi après-midi, et Kendra se sentait encore gênée d'avoir fait part de ses réflexions à Hallie.

— Bonjour, oncle Graham ! dit Ariane en l'embrassant sur la joue.

Puis elle s'assit à table, sans regarder Kendra. Elle prit un croissant moelleux, son petit déjeuner favori. Depuis son arrivée, Mme Stravos se donnait du mal pour préparer ce genre de pâtisserie. Apparemment, la gouvernante était tombée sous le charme de la jeune fille, comme tout le monde, d'ailleurs.

— Tu es bien silencieuse ce matin, Kendra, remarqua Graham.

Il l'observa tandis qu'elle avalait son fromage blanc et son melon, et ajouta :

— Pourquoi as-tu l'air si sombre ?

— Je n'ai pas l'air sombre ! protesta-t-elle. Je suis en train de réfléchir à l'histoire que j'ai préparée pour l'atelier de télé, cet après-midi. Il faut que je vérifie un détail. Je passe devant la caméra...

— Ah, ça me rappelle que j'ai parlé à M. Taylor ! intervint Ariane. Je lui ai demandé si je pouvais aussi assister aux cours. Faire de la télé m'a toujours intéressée, et je dois bien avouer que le studio de Wilbraham est génial ! M. Taylor a accepté. Il m'a expliqué qu'il faudrait que je commence par passer une audition. J'espère que ça ne t'embête pas, Kendra.

— Non, pas du tout, répondit-elle rapidement.

En réalité, ça la dérangeait énormément. Mais qu'est-ce qu'elle pouvait faire ? Et puis, après tout, elle était heureuse qu'Ariane lui parle encore malgré ce qui s'était passé.

— Quelle bonne idée, Ariane ! s'exclama Graham. Tu seras une véritable star lorsque tu retourneras en France !

— Je n'arriverai jamais à être aussi bonne que Kendra, rétorqua-t-elle avec modestie. Au lycée, tout le monde est d'accord sur ce point : elle a vraiment l'air professionnelle, devant la caméra.

Elle lui jeta un rapide coup d'œil et poursuivit :

— Mais si ça t'ennuie, n'hésite pas à me le dire. Je laisserai tomber...

— Ne sois pas idiote ! s'exclama Graham. D'ailleurs, je suis sûr que Kendra se fera un plaisir de t'apprendre les ficelles du métier. N'est-ce pas, Kendra ?

— Absolument ! déclara-t-elle platement.

Elle adressa un sourire pincé à Ariane et essaya de rester impassible.

Qu'est-ce qu'elle va encore trouver pour m'embêter, la prochaine fois ? se demanda Kendra en quittant la table.

Dès qu'elle arriva au lycée, elle alla vérifier l'information qui lui posait problème. Puis elle donna son script à M. Taylor afin qu'il l'enregistre sur le prompteur. Elle se rendit ensuite à son premier cours.

A la fin de la journée, elle rangea ses affaires dans son casier, au vestiaire, et se rendit au studio. Elle salua le cameraman et s'assit à la table, en tirant sur sa jupe et en remettant un peu d'ordre dans ses cheveux.

Soudain, elle eut l'impression qu'on l'observait. Elle jeta un coup d'œil à la cabine de contrôle et aperçut Ariane. Ça la dérangeait qu'elle soit venue, mais elle se força à lui sourire.

La jeune fille ne répondit pas. Elle la foudroya du regard et se tourna vers M. Taylor.

Kendra en fut tellement choquée qu'elle laissa tomber tous ses papiers. Néanmoins, elle les reprit en main, essayant de se donner une contenance.

Apparemment, Ariane a décidé qu'elle ne me parlerait plus qu'en présence de Graham, se dit-elle. Ça tombe très bien !

Le reste de la semaine, Kendra tenta d'éviter Ariane. Après les derniers incidents — sa conversation avec Hallie et la séance de télévision —, elle s'était promis de ne plus rien dire avant d'avoir suffisamment de preuves.

Le vendredi, en rentrant du lycée, elle vit Ariane et Graham qui discutaient dans le salon. Lorsqu'elle passa devant la porte, elle ne put s'empêcher d'écouter leurs propos.

— Je suis vraiment content que tu le mettes, Ariane ! Tu ne peux imaginer comme cela me fait plaisir !

Kendra jeta un coup d'œil par la porte entrebâillée.

La main d'Ariane était posée dans celle de Graham ; il touchait un objet attaché à son poignet et souriait.

Kendra entra par curiosité. Elle voulait voir de quoi il s'agissait. Personne ne la remarqua. Mais elle s'arrêta à mi-chemin, bouche bée, trop choquée pour avancer : Ariane portait son bracelet en or... celui qui avait disparu depuis des semaines !

Comment ose-t-elle ? Et pourquoi Graham est-il si content de la voir porter ce bijou ? C'est pourtant à moi qu'il l'a offert ! pensa Kendra. Elle était furieuse contre eux et commençait sérieusement à en avoir marre qu'Ariane s'approprie ses affaires. Il était temps que ça cesse !

Une colère noire brûlait dans son regard.

Ariane et Graham relevèrent la tête en même temps. La jeune fille rougit et baissa les yeux vers le sol, apparemment confuse.

Brusquement, un bruit affreux monta du côté de la fenêtre. De violents éclairs fracassèrent la vitre, et le carreau explosa. Un tourbillon de verre brisé s'engouffra dans la pièce. Et un morceau plus large et plus acéré que les autres, aussi affûté que la lame d'un couteau, vola en direction d'Ariane.

— Non ! hurla Kendra en se couvrant les yeux.

— Qu'est-ce qui se passe, Kendra ? demanda Graham, surpris.

Elle laissa retomber ses mains et vit son beau-père regarder autour de lui, d'un air éberlué. Ariane était toujours assise à ses côtés, le visage grimaçant de peur.

Kendra poussa de nouveau un gémissement d'horreur.

— Kendra, qu'est-ce qui se passe à la fin ? insista Graham. Tu ne te sens pas bien ? Tu as besoin d'aide ?

Elle lui désigna la fenêtre du doigt.

Mais celle-ci avait repris son état initial, comme si rien ne s'était produit.

Graham fit une moue perplexe.

— Et alors ? Je ne vois rien... Qu'est-ce qu'elle a, cette fenêtre ?

Kendra battit en retraite. Tout cela était vraiment trop étrange. Cependant Ariane continuait à la regarder, terrifiée. Avait-elle vu la vitre se briser et le morceau de verre voler vers elle, telle une flèche mortelle ? Imaginait-elle que Kendra était capable de réaliser un pareil prodige ?

Kendra avait bien compris que son esprit ne lui avait pas joué un tour : la fenêtre avait réellement explosé, mais le verre s'était reconstitué immédiatement après son cri. C'était elle qui avait fait ça. Elle avait menacé la vie de Graham et d'Ariane. Néanmoins, elle avait réussi à maîtriser la situation avant qu'il ne soit trop tard. Heureusement !

En remontant les escaliers pour rejoindre sa chambre, Kendra suffoquait. Rodolphe avait raison. Elle possédait des pouvoirs surnaturels, des pouvoirs terribles qu'elle avait du mal à contrôler ! Comment pourrait-elle apprendre à vivre avec eux ? Et comment allait-elle faire pour épargner celle qui lui révélait ces pouvoirs d'une façon aussi tragique ?

Kendra se jeta sur son lit. A travers ses larmes, elle se demanda combien de temps encore elle réussirait à contenir sa colère envers Ariane.

9

Un instant plus tard, on frappait à la porte.

— Kendra, c'est Ariane. Est-ce que je peux entrer ?

— Va-t'en !

— Il faut que je te parle. Je t'en prie ! C'est très important !

— Non, laisse-moi tranquille. Je ne veux plus te voir !

— Je t'en supplie, Kendra ! Il faut absolument que nous discutions. Je voudrais te donner des explications. Laisse-moi entrer, juste une minute...

Kendra sentit sa détermination faiblir.
— Tu veux bien m'ouvrir? continua la voix douce d'Ariane. S'il te plaît...
Kendra s'essuya les yeux et se leva. Elle traversa sa chambre et entrebâilla la porte.
— Quoi encore?
— Tu me permets d'entrer? demanda Ariane.
— Puisque tu insistes...
La jeune fille pénétra dans la pièce. Elle prit place sur une chaise, devant le bureau.
Kendra jeta un coup d'œil à son poignet : il était nu.
Elle se laissa tomber dans un gros fauteuil rembourré, face à la jeune Française. Puis elle posa ses jambes sur le repose-pieds, attendant ses explications. Elle espérait avoir l'air calme, en dépit de ce qu'elle éprouvait.
— Je... je n'aurais pas dû, dit Ariane. Je sais bien... Mais je n'ai pas pu m'en empêcher.
Elle tendit sa main ouverte. A l'intérieur brillait le bijou en or.
Kendra le fixa une seconde, puis détourna les yeux.
Ariane posa le bracelet sur le bureau.
— Merci, fit sèchement Kendra. Ça fait toujours plaisir de récupérer ce qu'on vous a volé...
— Ce n'est pas ce que tu crois! Je n'avais pas l'intention de le voler! Je voulais juste l'emprunter... pour le montrer à oncle Graham. Il m'a donné exactement le même, il y a quelques années. Il y en avait deux dans la famille, c'était un héritage. Graham en avait offert un à Syrie. Et j'étais très fière qu'il me traite comme sa fille...
Les épaules d'Ariane s'effondrèrent. Elle s'appuya contre le dossier de sa chaise avant de continuer :
— Mais j'ai perdu le mien. J'étais tellement triste que j'ai pleuré pendant des jours!
Kendra remua nerveusement sur son fauteuil.
— Ce n'est pourtant pas une raison pour venir le voler. J'ai cru que j'allais devenir dingue en le cherchant. J'y tiens beaucoup.
— J'étais sûre que je ne retrouverais jamais un bracelet

semblable, continua Ariane. Puis, un jour, j'ai vu le tien. Et comme tu ne le portais pas, j'ai cru que si je te l'empruntais quelques jours, il ne te manquerait pas trop. Si j'ai agi ainsi c'est pour faire croire à oncle Graham que je possède toujours celui qu'il m'a offert. Je suis tellement contente qu'il m'ait invitée ici ! Je voulais simplement lui faire plaisir. Évidemment, j'avais l'intention de le remettre à sa place avant que tu ne t'aperçoives de sa disparition... Je t'en supplie, excuse-moi. Je suis franchement désolée. Je te demande pardon...

— Et quand l'as-tu vu, ce bracelet, puisque je ne le porte jamais ? demanda Kendra. Comment savais-tu que j'en avais un comme celui-ci ?

— Euh... Il me semble que... Enfin... Je crois que c'est quand je suis venue chercher ton cahier de sciences. J'avais remarqué que tu avais une boîte à bijoux et...

— Mon cahier était posé sur le dessus de la commode, et ma boîte à bijoux se trouve à l'intérieur !

Ariane baissa la tête, elle avait terriblement honte. Des larmes se mirent à couler sur ses joues.

— Tu as encore fouillé dans mes affaires quand je n'étais pas là ! accusa Kendra. Je t'avais pourtant demandé d'arrêter, il me semble ! Il faut donc que je mette des serrures à tous mes tiroirs pour t'empêcher de regarder dedans ?

— Non... Je te promets que je ne toucherai plus jamais à rien, Kendra. C'était juste par curiosité. Je voulais tout savoir sur toi. Tu es tellement américaine... tu as une allure, tellement chouette et tu es tellement — comment dire ? —, tellement sympa ! Tu es un modèle pour moi et j'avais envie d'avoir le même style que toi. Alors je n'ai pu m'empêcher de jeter un coup d'œil dans tes affaires. Je voulais te ressembler, tu comprends ? Je pensais que, de cette façon, vous m'aimeriez encore plus, toi et tes amis.

— Tu te moques de moi, ou quoi ? Tout le monde est à tes pieds ! Tu n'as absolument pas besoin de moi pour être populaire !

— Mais non, Kendra. Hallie, par exemple, ne m'apprécie pas beaucoup.

— Et alors ? C'est avec moi que tu dois essayer de t'entendre. On vit sous le même toit, non ? Si je ne peux pas te faire confiance, on ne risque pas d'être amies, je te préviens !

— Tu peux me faire confiance ! Oh, je t'en supplie, Kendra ! Je t'assure que je ne recommencerai plus ! On pourrait peut-être essayer d'oublier cet incident et tenter de s'entendre ? Ça me ferait tellement plaisir !

Pour la deuxième fois, Kendra fut obligée d'accepter les explications et les excuses d'Ariane. Elle n'avait pas le choix. La jeune Française allait habiter avec sa famille, dans sa maison, pendant une année entière. De plus, Kendra était encore horrifiée par ce qui avait failli se passer dans le salon... Elle aurait pu la tuer !

Après le départ d'Ariane, Kendra resta assise un moment. Puis elle prit le bracelet et le regarda. Elle était contente de l'avoir retrouvé parce qu'il appartenait à Syrie... C'était important pour elle ! Elle se leva et alla le ranger dans la poche de son vieux blouson de ski, à côté de la lettre de Michel. Celle-là, au moins, n'avait pas encore disparu...

Dans les heures qui suivirent, elle se concentra sur ses devoirs de latin et de mathématiques. Ce n'était pas spécialement drôle, mais ça lui changeait les idées.

Plus tard, quand le dîner fut terminé, elle ouvrit son placard, passa en revue ses vêtements et songea qu'ils étaient tous plus affreux les uns que les autres. Elle devait sortir en boîte avec ses amis, au Feathers, mais elle n'était pas vraiment d'humeur à s'amuser. Elle ne savait d'ailleurs pas de quoi elle avait envie, aujourd'hui. Elle avait eu une peur effroyable, ce matin, et elle ne voulait plus rester seule à la maison. Et puis elle n'arrêtait pas de penser à Ariane et à Graham. La jeune fille lui avait-elle vraiment dit la vérité, au sujet du bracelet ? Ça semblait assez abracadabrant, son histoire !

La tenue que trouva Kendra correspondait parfaitement à son état d'esprit. Elle mit sa robe noire et releva ses cheveux en un chignon serré, très vieux jeu. Elle était malheureuse. Elle n'avait pas envie qu'on lui fasse des compliments sur sa tenue.

Et personne n'en fit !

Neil et ses amis lui jetèrent un coup d'œil et la laissèrent dans son coin. Là, elle avait vraiment toute la place pour elle ! Elle passa la plus grande partie de la soirée appuyée contre un mur, déclinant l'une après l'autre les nombreuses invitations à danser.

En son for intérieur, elle continuait à réfléchir au comportement d'Ariane : pourquoi lui avait-elle pris son bracelet ? Ses explications ne l'avaient absolument pas convaincue.

Ça me fait de la peine de ne pas pouvoir lui faire confiance, mais je n'ai pas le choix, se dit-elle. Elle me donne tant de raisons de la soupçonner ! Mais pourquoi ai-je du mal à l'accepter ?

Au bout d'un moment, Hallie s'approcha.

— Si vous voyez Kendra, mademoiselle, dites-lui qu'elle est en train de rater quelque chose ! murmura-t-elle.

Kendra rit, malgré elle, et serra son amie dans ses bras.

— Je sais, répondit-elle. Mais je n'ai pas envie de faire la fête, ce soir. Je n'arrête pas de penser.

— Je ne te demande pas à quoi, continua Hallie. Mais si tu as envie d'en parler...

— Merci, répondit Kendra. Je ne préfère pas. Allez, va t'amuser, maintenant ! Il y a un type pas mal là-bas, et il me semble qu'il te regarde depuis un bon moment !

Hallie se retourna.

— Ah oui, c'est vrai qu'il est mignon ! Bon, à tout à l'heure, Ken !

Elle traversa la piste de danse et fut littéralement happée par la foule.

Pour Kendra, cette soirée était une vraie catastrophe. Mais elle n'avait probablement pas envie qu'il en soit autrement.

10

Kendra dormait et rêvait. De Rodolphe. Elle sentait sa main caresser ses cheveux, ses lèvres se poser sur les siennes. La douce musique du carillon de cristal flottait dans l'air.

Soudain, du coin le plus sombre de la chambre, résonna la voix grave et intime :

— Kendra, réveille-toi !

La jeune fille s'assit dans son lit et se frotta les yeux. Il faisait noir comme dans un four. Elle n'arrivait même pas à distinguer la pile des vêtements qu'elle avait jetés sur la chaise en rentrant du Feathers, quelques heures auparavant.

Elle essaya de se concentrer.

— Rodolphe ?

— Je suis là, répondit-il, en chuchotant. Es-tu prête, Kendra ? Me donneras-tu ta parole, aujourd'hui ? Dis que tu acceptes de venir avec moi, Kendra. Dis-le. Maintenant !

Au son de cette voix douce, une vague de chaleur la submergea. Rodolphe était de retour !

— Je ne parviens pas à vous voir, murmura-t-elle.

— Non, mais tu peux m'entendre. Et tu sais ce que je désire. Alors, donneras-tu ta parole ?

— Laissez-moi d'abord vous voir, implora-t-elle.

Une étincelle de lumière brilla fugitivement dans un coin de la chambre et s'éteignit aussitôt.

— Non, Kendra. Nous avons tout le temps. Après. La vie éternelle... Es-tu prête à m'accompagner ?

Elle secoua la tête, des larmes perlaient à ses yeux. Elle avait désespérément envie de se retrouver avec Rodolphe. Lui seul était capable de comprendre ce qu'elle avait subi jusqu'à présent. Mais comment pouvait-elle partir avec lui, tout quitter pour entrer dans un monde inconnu ? Elle avait peur de ses pouvoirs, peur de ce qui adviendrait si elle le rejoignait...

— C'est impossible, Rodolphe, dit-elle. Il faut que je reste ici.

— Mais tu ne peux pas nier tes facultés, Kendra ! Tu as un don, que tu le veuilles ou non. Et tu dois apprendre à l'utiliser.

Elle ferma les paupières.

— Non, je ne l'emploierai plus jamais. Je ne veux pas de ces pouvoirs. Ils sont dangereux, ils m'effraient.

Elle revit la scène qui s'était déroulée dans le salon : le morceau de verre qui traversait la pièce en direction d'Ariane.

— Pourquoi m'avez-vous parlé de tout cela, Rodolphe ? Dans quel but ?

Il y eut un grand soupir dans un coin de la pièce, et la voix de l'homme s'évanouit peu à peu :

— Tu comprendras, mon amour. Moi, j'ai le temps...

Rodolphe se tut, et Kendra enfouit sa tête dans son oreiller pour étouffer ses sanglots. Elle l'avait laissé partir. Reviendrait-il jamais ?

Le samedi après-midi, Kendra et Hallie décidèrent d'aller faire des courses. Elles cherchaient une nouvelle paire de chaussures et elles avaient déjà écumé la moitié des magasins de Madison Avenue. C'était fatigant et elles commençaient à avoir faim.

— Si on faisait une pause chez O'John ? J'adore leurs hamburgers, lança Hallie en entraînant son amie vers ce café très populaire.

Le temps était encore assez beau et elles eurent la chance de trouver une place à l'extérieur, à l'une des minuscules tables qui envahissaient le trottoir.

Tandis qu'elle buvait son thé glacé, Hallie jeta un coup d'œil inquiet à Kendra.

— Quelque chose te tracasse ? Tu as envie d'en parler ? Tu n'étais pas vraiment en forme, l'autre soir, quand on est allées en boîte...

— Oui, je sais. Je suis désolée.

Hallie hocha la tête.

— Qu'est-ce qui se passe ? C'est encore à cause d'Ariane ?

— Oui... répondit Kendra en haussant les épaules. Je ne

sais plus quoi penser. Un jour elle a l'air sincère, et le lendemain je me dis que je ne devrais pas lui faire confiance, que je devrais même plutôt me méfier d'elle. Ça va et ça vient, comme la marée.

— Mais qu'est-ce qui est arrivé hier ? insista Hallie.

— Eh bien, quand je suis rentrée du lycée, je l'ai vue avec Graham dans le salon. Elle lui montrait le bracelet qu'elle avait au poignet. Celui que j'avais perdu depuis des semaines !

De nouveau, Kendra se sentit bouillonner de colère.

— Elle m'a affirmé qu'elle n'avait fait que l'emprunter. Ce qui, au fond, ne me dérangerait pas. Mais je ne la crois pas ! D'ailleurs, pourquoi prend-elle mes affaires sans me demander la permission ? Je ne comprends pas...

— Et Graham, qu'est-ce qu'il dit de tout ça ?

— Rien ! Avec lui, elle fait la pluie et le beau temps, il l'adore ! fit Kendra, amère.

— Si j'étais toi, je trouverais une punition à la hauteur de son crime. Je lui piquerais ses affaires à mon tour !

— Hallie, comment oses-tu suggérer une chose pareille ? s'écria Kendra, d'un air faussement horrifié. C'est l'idée la plus mesquine, la plus méchante et la plus irresponsable que j'aie jamais entendue de ma vie ! Elle est super !

Elle éclata de rire et ajouta :

— Oui, tu as raison, je le ferai peut-être...

Mais, au fond, elle savait bien qu'elle n'irait plus jamais dans la chambre d'Ariane. Pas après ce qui s'était passé dans le salon. Elle ne pouvait plus se faire confiance...

La serveuse posa sur la table les frites et les hamburgers qu'elles avaient commandés. Il y avait souvent des lycéens de Wilbraham dans ce petit restaurant ; il avait très bonne réputation. Kendra se retourna, cherchant des yeux des visages connus. Mais ce qu'elle aperçut lui déplut beaucoup.

Ariane et Anthony étaient assis à une table, à l'intérieur. Ils se souriaient et se tenaient la main. Ils semblaient seuls au monde.

Kendra pivota prestement et jeta un coup d'œil à Hallie, espérant qu'elle ne les avait pas remarqués.

Mais il était trop tard. Elle avait tout vu : son visage reflétait une immense déception.

— Ah, l'amour à l'heure du déjeuner ! se moqua-t-elle. Comme c'est émouvant !

Kendra lui serra la main, compatissante.

— Allez, on finit de manger en vitesse, et on s'en va ! dit-elle.

Elles avalèrent leur hamburger, payèrent et partirent sans se retourner.

— Je ne veux pas qu'ils nous aperçoivent, murmura Hallie.

Sa voix tremblait.

Kendra se rendait compte que son amie souffrait. Elle aurait aimé la réconforter, mais elle était bien trop en colère. Lui voler ses affaires, c'était une chose, mais faire de la peine à sa meilleure copine... elle ne le supportait pas !

— Tiens, tu ne veux pas aller voir chez Willibald, pour tes chaussures ? lança-t-elle, afin de changer de conversation. Ils ont des trucs pas possibles, et c'est juste en face !

— Pourquoi pas, répondit Hallie, sans grand enthousiasme.

Elles traversèrent Madison Avenue et se plantèrent devant la vitrine pour le moins exotique du magasin.

— Hé ! Tu as vu ça, s'écria Hallie.

Kendra eut besoin de quelques secondes pour comprendre qu'elle ne désignait pas des chaussures mais un reflet dans la glace.

De l'autre côté de la rue, Anthony et Ariane sortaient de chez O'John. Ils se tenaient par la main. Ariane souriait d'un air timide.

— Ne bouge surtout pas ! ordonna Kendra, furieuse.

Hallie s'apprêtait à répondre lorsqu'elle fut interrompue par un cri soudain, jailli du milieu de la rue.

Prises de panique, les deux filles firent volte-face.

Des passants hurlaient, montrant une voiture et lançant des avertissements. Certains avaient mis les mains sur les yeux, pour ne pas voir l'horrible scène qui allait se produire.

Kendra était pétrifiée. Elle avait l'impression de regarder un film au ralenti.

Un vieux taxi jaune avait raté son virage. Le conducteur, qui avait perdu le contrôle de son véhicule, filait droit sur le trottoir, directement sur Ariane et Anthony.

— Oh, non ! hurla Kendra.

Son cœur bondit dans sa poitrine. Elle venait de réaliser qu'Ariane et Anthony allaient être tués, d'un instant à l'autre.

11

Les hurlements étaient assourdissants.

Kendra sentit une force surhumaine l'envahir. Plus elle se concentrait, moins elle entendait les bruits qui fusaient autour d'elle. Elle poussa un cri sauvage, et projeta toute son énergie contre le taxi qui poursuivait sa course folle sur le trottoir.

— Non ! Arrête-toi ! Nooon !!!

Les freins du véhicule crissèrent atrocement. Les roues se bloquèrent. La voiture fit encore deux, trois mètres, puis bascula sur le côté. Le métal frotta l'asphalte avec un bruit hideux. Des éclats de verre volèrent un peu partout, et une colonne de fumée s'éleva du capot. Elle monta dans l'air en se tordant comme un serpent.

Le taxi s'était arrêté à quelques centimètres seulement d'Ariane et d'Anthony.

Kendra et Hallie traversèrent la rue en courant. Ariane avait enfoui son visage contre l'épaule du garçon. Elle sanglotait doucement. Lui était tellement choqué qu'il avait perdu toute couleur, mais il continuait à la serrer dans ses bras.

— Oh, Anthony ! Je suis si contente que tu n'aies rien ! s'écria Hallie, en larmes.

Kendra regarda le taxi fracassé sur la chaussée, sans

pouvoir prononcer un mot. Était-ce elle qui avait mis fin à sa course meurtrière ? Avait-elle réellement sauvé la vie d'Ariane et d'Anthony ?

Soudain, elle eut une autre pensée tout aussi effrayante. Avant l'accident, elle avait été terriblement en colère contre la jeune Française. Le taxi avait-il failli les tuer pour cette raison ? Avait-elle, sans le vouloir, fait perdre au chauffeur le contrôle de son véhicule ? Elle se sentait malade à cette seule idée. Possédait-elle vraiment les pouvoirs dont Rodolphe lui avait parlé ? Les avait-elle utilisés pour se venger d'Ariane, quitte à mettre la vie d'Anthony en danger ?

La voix tremblante du garçon arracha Kendra à ses sombres pensées :

— Il nous a ratés de peu, murmura-t-il.

— Vous n'avez rien, répéta Hallie. C'est le principal.

Elle toucha doucement le bras d'Anthony comme pour s'assurer qu'il était réellement en vie.

Une sirène retentit dans le lointain. La foule se rassembla autour du taxi et Kendra aperçut le conducteur occupé à se débattre avec sa ceinture de sécurité. Plusieurs personnes l'aidèrent à s'extirper de l'amas de ferraille.

Dieu merci, lui aussi est sain et sauf ! pensa Kendra. Mais elle eut un frisson et prit une profonde inspiration. Que serait-il arrivé si elle n'avait pas réussi à arrêter le taxi ? La réponse lui était insupportable.

Pourtant, au fond de son cœur, elle connaissait la vérité. Elle devait regarder les choses en face maintenant : elle avait des pouvoirs surnaturels, qui lui permettaient de provoquer ou de contrecarrer certains événements. Heureusement, elle était parvenue à les employer pour empêcher une tragédie, et sauver des vies innocentes.

Mais c'est aussi toi qui as causé cet accident, chuchota une petite voix dans sa tête. *Il faudra que tu sois très prudente, à l'avenir !*

Les mains de la jeune fille se mirent à trembler, elle se sentit blêmir.

— Ken, tu es sûre que ça va ? demanda Hallie d'un air inquiet.

Kendra la fixa du regard, incapable de dire quoi que ce soit.

Non, ça ne va pas du tout, pensa-t-elle.

En réalité, elle ne se sentirait plus jamais bien. Rodolphe lui avait affirmé qu'elle allait à nouveau utiliser ses pouvoirs, mais elle avait refusé de le croire. Et maintenant, elle se rendait compte que tous les gens qu'elle aimait, tous ses proches, couraient un danger. Un danger terrible !

Kendra ne prit même pas la peine de se déshabiller avant d'aller se coucher, ce soir-là. Elle n'avait pas l'intention de dormir. Elle attendrait Rodolphe. Il fallait qu'elle le voie. Elle pourrait peut-être conclure un arrangement avec lui, et lui demander de laisser ses amis en paix. Rodolphe l'aiderait peut-être à les protéger. S'il l'aimait sincèrement, il devrait aussi lui apprendre à contrôler ses pouvoirs. C'était indispensable !

Elle éteignit la lumière et s'assit sur la chaise de son bureau. Elle tendit l'oreille afin d'entendre le carillon de cristal. Elle tenta de percer l'obscurité de sa chambre pour apercevoir le nuage de lumières étincelantes.

Il viendrait. Ce soir. Elle en était persuadée.

Entre-temps, elle repensa à leur dernière rencontre. Un petit sourire se dessina sur ses lèvres. Elle revoyait ses cheveux dorés scintiller dans le noir. Elle se souvenait de l'éclat de son regard bleu, tandis qu'il penchait la tête pour l'embrasser. Elle sentait de nouveau cette onde délicieuse qui avait parcouru son corps, quand il l'avait prise dans ses bras. Comme elle avait envie qu'il revienne et qu'il la serre contre lui !

Tout à coup, le son du carillon de cristal retentit. Elle bondit sur ses pieds.

— Rodolphe !

— Je suis là, Kendra.

Perplexe, elle jeta un coup d'œil circulaire. Où se cachait-il ? Il n'y avait aucune lumière, aucun mouvement. Elle ne percevait que sa voix douce et séductrice, pardessus le chant du carillon. Une vague de bonheur déferla sur elle. Il était tout proche.

— Cela fait un moment que je t'observe, reconnut-il. Tu prononçais mon nom dans tes pensées. Pourquoi m'appelles-tu ?

— Je ne vous vois pas, répondit-elle, inquiète.

— Tu m'entends. Ça suffit.

— Oui, mais je voudrais aussi vous voir ! Je vous en prie, implora-t-elle.

Il rit doucement.

— Je t'ai manqué ?

— Oui, beaucoup. Mais où êtes-vous ?

— Concentre-toi, Kendra. Concentre-toi.

La jeune fille ferma les yeux. Et brusquement, elle eut une vision : des arbres sombres et des buissons ; des tas de terre et des pierres tombales roses et blanches.

— Le cimetière, dit-elle à voix haute. Vous êtes dans le cimetière !

— Très bien, mon amour ! déclara-t-il, satisfait. Si tu souhaites ma présence, tu sais maintenant où me trouver...

Sa voix s'évanouit peu à peu. L'atmosphère de la chambre changea radicalement ; elle devint glaciale et silencieuse. Il était parti.

Kendra était à la fois déçue et impatiente de le rejoindre. Mais elle savait où il se cachait. Cette fois-ci, c'est elle qui irait au-devant de lui.

Elle se précipita dans les escaliers et plongea dans la nuit froide.

La pleine lune était déjà à mi-course dans le ciel. De la brume s'élevait du sol, tandis que Kendra courait vers le cimetière. Plus elle avançait, plus le brouillard se faisait dense. Il l'enveloppait jusqu'aux genoux, comme pour l'empêcher de progresser.

Arrivée dans le cimetière, elle s'arrêta net. Elle avait entendu du bruit.

Une longue plainte aiguë tremblait dans l'air de la nuit.

— Kendraaa !

Quelqu'un était-il blessé ? Fallait-il chercher du secours ?

Elle tendit l'oreille et essaya de se concentrer. Elle entendit de nouveau le cri lugubre. Il était puissant et paraissait étrangement triste. Cette fois, elle comprit de quoi il s'agissait.

Syrie. C'est Syrie qui m'appelle !

Malgré sa peur, Kendra se remit en marche sans hésitation.

Une lumière vibrait autour de la tombe de Syrie. Kendra ralentit et s'approcha avec précaution. Oui, c'était bien sa tombe qui brillait dans l'obscurité.

Soudain, une silhouette sombre se découpa devant le halo lumineux, le masquant en partie. Quelqu'un qui se trouvait à côté de la tombe de Syrie et faisait un signe de la main. Une femme...

La forme se tourna légèrement. Elle n'était pas seule. Un homme était près d'elle. Ils étaient enlacés et s'embrassaient passionnément.

Kendra se raidit et se colla au tronc d'arbre qui se dressait juste derrière elle. Elle espérait s'enfuir sans se faire remarquer.

C'est alors qu'un rayon de lune traversa les branches et éclaira le visage de la femme.

Ariane !

Sa peau refléta la lumière lunaire et illumina l'homme qui la tenait dans ses bras.

Lorsqu'elle le reconnut, l'estomac de Kendra se noua. La douleur transperça son cœur, telle une lame de poignard.

Rodolphe !

12

Kendra étouffa un cri. Rodolphe et Ariane ! Il la serrait dans ses bras, comme il avait serré Kendra ! Il l'embrassait ! La jeune fille se pressait contre lui, lui rendant son baiser passionné comme Kendra l'avait fait !

Comment osait-il ?

L'adolescente était choquée. Les soupçons qu'elle concevait à l'égard d'Ariane devaient être fondés ! Rodolphe et elle se connaissaient. Pire... ils s'aimaient !

Et dire que pendant ce temps-là, Kendra croyait qu'elle était son unique amour ! Ariane le lui avait volé ! Était-ce pour cette raison qu'elle était venue vivre chez Graham ?

Kendra observa les amants un instant. La douleur causée par la jalousie était insoutenable...

Elle s'accrocha davantage au tronc d'arbre, faisant crisser les feuilles mortes qui jonchaient le sol. Mais le bruit fit sursauter le couple. Ils s'écartèrent légèrement l'un de l'autre et regardèrent alentour.

Kendra battit des paupières et écarquilla les yeux. Avait-elle des hallucinations ?

Ce n'était pas Rodolphe qui était avec Ariane ! C'était Anthony !

J'étais pourtant certaine que...

Une brise glaciale souffla à travers les arbres. Le carillon de cristal recommença à tinter. Un petit rire sarcastique s'éleva dans l'air. Rodolphe...

Kendra restait collée à l'arbre. Pourquoi se moquait-il ? Faisait-il exprès de la rendre jalouse ? Comment pouvait-on être aussi cruel ?

Il faut que je parte d'ici ! Vite ! pensa-t-elle.

Elle remua, mais les feuilles mortes crissèrent de nouveau et révélèrent sa présence.

Ariane se sépara d'Anthony et demanda :

— Qui est là ?

Son regard tomba sur Kendra.

— Eh ! Mais qu'est-ce que tu fabriques ici ?

Elle semblait très en colère, tout à coup. Anthony arriva derrière elle. L'obscurité ne parvenait pas totalement à dissimuler son embarras.

— Tiens ! Salut, Ken ! lança-t-il, comme si de rien n'était. Alors, comme ça, on fait sa petite balade de minuit ?

— Elle ne se balade pas, siffla Ariane entre ses dents. Elle m'espionne ! N'est-ce pas, Kendra ? Tu nous as suivis !

— Non, non... Pas du tout ! Je ne savais même pas que... que vous étiez là !

— Et qui croyais-tu observer, alors ?

La jeune fille avait l'air tellement sûre d'elle, que Kendra se demanda ce qu'elle savait de la vision qu'elle venait d'avoir. Mais la nièce de Graham la foudroya du regard et continua :

— Tu crois tout connaître sur ma vie, hein ? Et tu m'espionnes pour te prouver que tu as raison !

— Ariane ! fit Anthony en essayant de la calmer. Je suis certain que ça ne viendrait jamais à l'esprit de Kendra de...

Mais Ariane ne l'écoutait pas.

— De quel droit me suis-tu ? Déjà, cet après-midi, chez O'John, tu étais là, et maintenant... Je ne te laisserai pas faire, Kendra. Tu m'entends ? Je trouve ça inadmissible, j'irai me plaindre à oncle Graham !

Plus Ariane criait, plus sa voix tremblait et devenait aiguë. Mais avant que Kendra ait eu le temps de répondre, une forme sombre se précipita dans le cimetière. Kendra se raidit, puis se détendit en apercevant Max. Il paraissait hors de lui.

Il poussa un grondement sourd qui déchira la nuit, découvrit ses canines et se précipita sur Ariane.

— Max ! Arrête ! ordonna Anthony.

Le chien se retourna et lança un grognement en direction de son maître.

Kendra fut profondément choquée. Elle n'avait jamais vu cet animal, d'habitude très doux, désobéir aux ordres et se montrer aussi agressif. A l'évidence, ce n'était pas à Anthony qu'il en voulait, c'était à Ariane...

Il revint sur elle en aboyant furieusement. Puis il lui sauta dessus et planta ses canines dans sa jambe.

— Non ! hurla Anthony. Arrête immédiatement, Max !

Il plongea en avant mais ne parvint pas à attraper le chien enragé.

Ariane cria quelque chose en français. Elle tenta frénétiquement de repousser l'animal en lui donnant des coups de pied. Il recula un peu sous l'assaut, mais se remit aussitôt à aboyer, prêt à attaquer de nouveau.

— Max ! Couché ! hurla Kendra à son tour. Couché, j'ai dit !

Le chien sembla hésiter un instant, puis se coucha. Il leva les yeux vers Kendra en gémissant.

Ariane s'apprêta à lui redonner un coup de pied, mais il s'écarta à temps pour se réfugier auprès de Kendra.

— Qu'est-ce qui t'a pris ? demanda Anthony en essayant de l'attraper par le collier.

Mais Max fut plus rapide. Il évita son maître et s'élança hors du cimetière.

Toute la scène avait à peine duré quelques secondes. Ils le regardèrent s'éloigner, trop abasourdis pour dire quoi que ce soit.

En fait, la morsure était étonnamment peu profonde. Anthony et Kendra ramenèrent Ariane à la maison. Kendra laissa Anthony s'en occuper et alla se coucher.

Le chien avait disparu, mais l'adolescente était trop fatiguée pour aller à sa recherche. Elle se déshabilla rapidement et se mit au lit. Elle ne trouva pas tout de suite le sommeil. Elle ne pouvait s'empêcher de repenser aux événements étranges qui avaient émaillé sa journée : Ariane et Anthony assis ensemble chez O'John, puis le chauffeur de taxi perdant le contrôle de son véhicule et déboulant à toute vitesse sur le trottoir; Rodolphe et Ariane en train de s'embrasser, et Rodolphe se transformant brusquement en Anthony. Sans parler du comportement bizarre de Max à l'égard de la jeune Française...

Pourquoi Max haïssait-il tant Ariane ? Kendra avait entendu dire que les chiens avaient un sixième sens. Peut-être sentait-il comme Kendra quelque chose de suspect chez Ariane ?

Elle poussa un soupir et s'enfonça sous les couvertures. Elle avait vraiment envie de dormir !

Mais dès qu'elle ferma les yeux, elle eut la vision d'un couple qui s'embrassait au clair de lune. C'était bien Ariane et Rodolphe ! Elle en était certaine. Comment avait-il osé l'entraîner dans le cimetière et se moquer d'elle de cette façon ?

D'ailleurs, peut-être avait-il aussi provoqué les incidents de la journée... Pourquoi la tourmentait-il ? Qu'est-ce qu'elle avait bien pu faire pour mériter une telle punition ?

Elle se retourna et se força à penser à quelque chose de plus gai. Impossible ! Elle n'arrivait décidément pas à chasser Rodolphe de son esprit. Il lui avait pourtant affirmé qu'il l'aimait. Et elle avait ressenti cet amour à chacune de leurs rencontres. Alors, pourquoi avait-elle tant de doutes et de soupçons ? Rodolphe ne faisait pas exprès d'être cruel envers elle, c'était impensable ! Jamais il ne prendrait la responsabilité de faire du mal à un être qui lui était cher !

Mais alors, comment expliquer que Neil avait glissé le long de la falaise ? Et qu'est-ce qui avait fait voler le morceau de verre aiguisé comme un poignard en direction d'Ariane ?

Non, non, Rodolphe ne ferait jamais ce genre de choses ! se dit-elle.

Ou bien est-ce que...

Kendra ouvrit les yeux un peu avant l'aube. La maison était parfaitement calme. Qu'est-ce qui l'avait réveillée ?

La porte était entrouverte. Elle tendit l'oreille.

Voilà que ça recommençait ! Ce son !

Un halètement terrible provenait du couloir. Quelqu'un respirait bruyamment en gravissant les escaliers. Lentement, lourdement, comme si chaque pas lui coûtait un effort. Droite... gauche. Droite... gauche. Droite... gauche.

Kendra se recroquevilla contre son oreiller, tremblant de la tête aux pieds.

Droite... gauche. Droite... gauche.

Soudain, la porte de sa chambre s'ouvrit Précautionneusement. On ne voulait pas l'éveiller ! On voulait la surprendre dans son sommeil !

Elle retint sa respiration... puis poussa un soupir de soulagement.

C'était Max !

— Eh bien, si tu voulais me faire peur, s'exclama-t-elle, tu as réussi !

Il pénétra dans la chambre en vacillant et s'approcha du lit. Kendra se rendit compte qu'il frissonnait. Il était à bout de souffle. Tout à coup, il s'effondra sur le sol, continuant à trembler et à respirer avec difficulté. Il ne parvenait même plus à soulever sa tête.

Kendra bondit hors du lit et s'agenouilla à côté du chien, morte d'inquiétude.

— Max ! Qu'est-ce qui se passe ? Qu'est-ce que tu as ?

Elle le prit contre sa poitrine et le caressa doucement.

Il dut faire un effort extraordinaire pour la regarder. Ses yeux étaient tout jaunes et injectés de sang. Ils semblaient suppliants. Ils roulèrent dans leurs orbites, puis un gargouillement horrible monta du fond de la gorge du pauvre chien. De l'écume blanche se forma au coin de son museau.

— Oh, Max ! Qu'est-ce qui t'arrive ? demanda Kendra.

Soudain, le chien fut agité de convulsions qui se terminèrent par un violent soubresaut.

Kendra se mit à sangloter. Le gros labrador noir était en train de mourir !

13

Kendra se rua sur le palier en criant comme une folle :

— Anthony ! Graham ! Au secours !

Elle dévala l'escalier en hurlant de toutes ses forces.

La maison se réveilla d'un coup. Graham fut le premier à sortir de sa chambre, rajustant son peignoir. Dinah arrivait derrière lui. Anthony débarqua en pyjama dans le hall d'entrée, et Mme Stravos apparut sur le palier du premier étage, dans une grosse robe de chambre en laine.

— C'est Max ! Il est malade. Je crois qu'il est en train de mourir ! s'écria Kendra.

Elle remonta l'escalier à toute vitesse, suivie de près par Graham et Anthony. Ariane était sur le palier, elle jeta un coup d'œil inquiet dans la chambre de Kendra.

— Qu'est-ce qui se passe ? demanda-t-elle d'une voix timide. Max ne se sent pas bien ?

Kendra passa devant elle sans répondre. Elle était trop préoccupée pour fournir des explications.

Graham et Anthony se précipitèrent à l'intérieur. Ils s'agenouillèrent près du chien qui respirait avec difficulté. On avait l'impression qu'il allait étouffer. Les deux hommes décidèrent de le mettre en bas. Ils le transportèrent avec précaution et l'étendirent doucement sur le canapé. Dinah avait appelé un taxi afin qu'on le conduise chez le vétérinaire. Pendant ce temps, Graham et Anthony étaient allés s'habiller en hâte.

Quand le chauffeur arriva, quelques instants plus tard, Graham et Anthony emportèrent Max et le déposèrent délicatement sur le siège arrière. Puis ils partirent.

Pour Kendra, l'attente fut insupportable. Elle était assise à la table de la cuisine, avec Ariane, Dinah et Mme Stravos qui leur avait préparé du thé et du chocolat chaud. Personne ne parlait.

Au bout d'un moment, Dinah se leva et annonça qu'elle retournait se coucher. Mme Stravos fit de même, peu après. Elle demanda néanmoins à Kendra de la réveiller, s'il y avait du nouveau.

Ariane et Kendra restèrent seules dans la cuisine. Elles évitaient soigneusement de se regarder, et aucune ne prononça un mot. Finalement, Ariane se leva, resserrant son peignoir en satin rose autour de sa taille.

— Je pense que ça ne sert à rien d'attendre ici. Je vais au lit. J'espère que ce ne sera pas grave !

Elle est vraiment bizarre, cette fille ! songea Kendra en la regardant partir. Elle n'est même pas triste. En fait, elle a plutôt l'air soulagée, presque satisfaite...

Kendra se souvint qu'Ariane avait essayé de donner un coup de pied à Max. Mais, dans la mesure où il avait attaqué le premier, on ne pouvait pas vraiment le lui reprocher. De toute façon, il ne fallait pas s'attendre à ce qu'elle verse des larmes sur la disparition de son agresseur... Mais Kendra en voulait néanmoins à Ariane : à cause de Max. Avant qu'elle n'arrive, c'était un chien doux et obéissant. Depuis qu'elle avait emménagé, il se comportait de façon tellement agressive que Kendra elle-même avait parfois du mal à le reconnaître.

Plus le temps passait, plus Kendra était triste. Cependant elle n'avait pas envie de remonter se coucher avant d'avoir des nouvelles du gros labrador.

Au bout de plusieurs heures, Graham et Anthony finirent par rentrer. Ils avaient l'air épuisés. A voir leur tête, Kendra comprit que les nouvelles n'étaient pas vraiment celles qu'elle attendait.

— Il est encore en vie, mais le vétérinaire n'a pas su nous dire ce qu'il avait, fit Anthony. En réalité, il pense qu'il a été empoisonné, mais il n'en est pas certain.

— Empoisonné! s'exclama Kendra. Mais comment aurait-il pu l'être?

Anthony haussa les épaules.

— Qui sait...? Il a peut-être avalé quelque chose qui traînait. En tout cas, ça paraît assez grave. Pour tout dire, il n'a pas beaucoup de chances de survie. D'ailleurs, il vaudrait sans doute mieux qu'il meure : il semblait tellement souffrir quand on est partis... Le vétérinaire a pourtant fait tout ce qu'il a pu pour le soulager.

Kendra monta se réfugier dans sa chambre en pleurant. Max était bien trop intelligent pour avaler n'importe quoi! Ça signifiait donc qu'on l'avait volontairement empoisonné. Mais pourquoi commettre un acte aussi horrible? Et qui avait voulu l'éliminer?

Elle essuya les larmes qui ruisselaient sur ses joues. C'était elle que le chien était venu trouver, au petit matin. Elle, et personne d'autre! Pourquoi n'était-il pas monté directement chez Graham ou chez Anthony qui se trouvaient beaucoup plus près? Quelque chose l'avait poussé à gravir trois étages pour se rendre chez Kendra, alors qu'il souffrait déjà atrocement... Ça n'avait aucun sens!

Kendra s'enfonça sous ses couvertures et dormit d'un sommeil lourd jusqu'en début d'après-midi. C'était un dimanche triste et lugubre. Le ciel était nuageux, comme son humeur. Elle se leva et enfila rapidement un jean et un

T-shirt. Puis elle descendit au rez-de-chaussée, afin de manger un peu.

Anthony s'apprêtait à quitter la table. Il lui dit que Max était encore entre la vie et la mort, et que Graham était parti le voir.

Le garçon avait l'air extrêmement malheureux. Kendra savait bien qu'il souffrait horriblement, peut-être même plus qu'elle. Elle passa les bras autour de ses épaules et le serra un long moment.

— Allez, ne t'inquiète pas ! Il finira bien par s'en sortir... le rassura-t-elle.

— J'espère, répondit Anthony.

Mais il n'était pas dupe. Il esquissa un faible sourire et regagna sa chambre.

Kendra avala un sandwich et remonta réviser ses cours. Elle ne prit pas la peine d'appeler Hallie, ni personne d'autre. Elle n'avait absolument pas envie de parler aujourd'hui.

Un peu plus tard dans la journée, elle retourna au rez-de-chaussée. S'il ne faisait pas trop froid, elle irait faire une balade dans le jardin pour se changer les idées.

Dans l'entrée, elle aperçut une enveloppe sur le guéridon, à côté de la porte. Elle lui était adressée : elle venait de Lauren. Elle avait été tellement préoccupée, la veille, qu'elle n'était même pas allée voir le courrier !

Elle fourra la lettre dans la poche de son pantalon et enfila un gros pull en laine avant de sortir. Elle se dirigea vers le cimetière.

Elle s'assit sur le banc qui se trouvait près de la tombe de Syrie, croisa les jambes, puis prit la lettre de Lauren et commença sa lecture.

Salut, Kennie !

Tu m'as oubliée, ou quoi ? Ça fait des mois que je n'ai plus de nouvelles... Enfin, bon, ça ne fait que deux semaines, mais quand même... Je n'arrête pas de regarder si j'ai du courrier, mais ma boîte aux lettres reste désespérément vide. J'ai l'impression qu'il y a une éternité que tu ne m'as pas écrit ! Tu as sûrement rencontré un nouveau garçon, c'est pour ça que tu ne penses plus à moi. En tout cas, j'espère que c'est quelqu'un de vraiment génial. Sinon, tu n'as aucune excuse...

Kendra sourit. La dernière lettre qu'elle avait envoyée à sa sœur devait se trouver entre ses mains, à l'heure qu'il était. Il n'en était pas moins vrai que Lauren lui manquait terriblement. Si elle avait été là les choses ne se seraient pas passées comme ça ! Elle en était persuadée.

Elle continua de lire la longue missive, bourrée de ragots. Et plus elle avançait dans sa lecture, plus elle ressentait l'absence de sa sœur.

Alors tu as intérêt à me répondre tout de suite. Je veux savoir tout ce qui se passe à Wilbraham en ce moment ! Et des nouvelles croustillantes, s'il te plaît ! Pas de blabla. J'exige de savoir qui fait quoi, et avec qui !

Tu me manques beaucoup.

Super gros bisous !

P.-S. : N'oublie pas de caresser Vinnie pour moi et de lui donner son bout de chocolat. (J'espère que tu ne l'as pas déjà mangé.)

P.P.-S. : Et puis fais une chatouille de ma part à Max !

Lorsqu'elle vit le nom du chien, la bonne humeur de Kendra s'évapora. Comment allait-elle expliquer à Lauren que Max était malade, qu'il avait très peu de chances de survivre ? Pauvre Lauren ! Elle aurait le cœur brisé. Sa sœur n'était pas depuis une heure dans la vieille maison de la 76e Rue, qu'elle était déjà copine avec ce chien, se souvenait-elle.

Elle replia la lettre et la remit dans sa poche. Puis elle poussa un gros soupir et son regard se perdit au loin, sur la pelouse.

— Oh, non ! s'exclama-t-elle tout à coup.

Elle allait avoir de la compagnie.

Une silhouette avançait dans sa direction. C'était Ariane. Elle semblait bouleversée.

Bon, qu'est-ce que ça va encore être, cette fois-ci ? se

demanda Kendra. En tout cas, il ne peut s'agir de mauvaises nouvelles à propos de Max, elle n'aurait pas l'air si triste !

Ariane resta un instant debout sans parler, puis elle prit une profonde inspiration et déclara :

— Je suis désolée pour hier soir, Kendra. Pour ce qui s'est passé dans le cimetière. Je ne voulais pas me mettre en colère contre toi...

Elle rougit brusquement et poursuivit :

— Je n'arrivais pas à dormir, alors j'ai songé à aller faire un tour près des tombes de tante Helen et de Syrie. Je pensais que ça me calmerait. Je les aimais beaucoup toutes les deux, tu sais. J'étais tellement contente quand elles venaient nous rendre visite à Paris !

Elle observa un instant la stèle de Syrie. Des larmes envahirent ses yeux et sa voix se brisa :

— J'ai été malade pendant des semaines quand j'ai appris leur mort.

Kendra lui jeta un coup d'œil rapide. Qu'est-ce qu'elle racontait ? Comment pouvait-elle aussi bien connaître ces femmes, alors qu'un océan entier les avait séparées ? Ariane lui disait à quel point elle se sentait proche de Syrie. Faisait-elle partie des Sensibles, elle aussi ? Partageait-elle les sentiments de Kendra à l'égard de la jeune fille décédée ?

Elle essaya vainement de déchiffrer son expression. Ariane avait des larmes dans les yeux, sa voix était triste, pourtant elle paraissait calme. Elle ne semblait pas affectée par ce qu'elle était en train de raconter.

— Quand je suis descendue, poursuivit-elle, Anthony m'a entendue et a voulu m'accompagner. On est donc sortis et... tu connais la suite. D'abord, ce n'est un secret pour personne... Il m'aime bien. On est copains.

Copains ? pensa Kendra. Tu n'as pas remarqué qu'il est fou de toi ?

— Quand je t'ai aperçue sous cet arbre, j'ai cru que tu nous avais suivis afin de m'espionner, c'est pour ça que je me suis énervée.

Sa voix se cassa de nouveau :

— Je ne voulais pas faire de mal à Max. C'est lui qui m'a attaquée le premier.

— Mais il essayait simplement de me protéger, fit Kendra, amère. Je ne l'ai jamais vu comme ça ! Comme tu n'arrêtais pas de crier, il a dû croire que tu allais me frapper.

Elle regarda Ariane droit dans les yeux. Ses larmes avaient disparu aussi rapidement qu'elles avaient jailli.

— Pour quelles raisons est-ce que je t'espionnerais ? continua Kendra. Tu peux faire tout ce que tu veux avec Anthony. Ça m'est égal !

Ariane haussa les épaules.

— J'ai l'impression que tu es dans les parages dès que je fais une chose un peu intime...

— Aller chez O'John avec Anthony, c'est intime, selon toi ? Arrête de me faire rire ! La moitié de Wilbraham déjeune là-bas ! De plus, j'ignorais que manger pouvait devenir une activité tellement « personnelle »...

— Oui, bon... Mais l'autre fois, quand j'étais dans la cuisine avec Mme Stravos. Tu ne vas pas me dire que tu n'écoutais pas notre conversation à la porte ?

— Oh, ça va ! J'allais juste dans *ma* cuisine, dans *ma* maison, pour prendre un jus de fruits. Et vous vous êtes comportées comme si j'étais entrée par effraction !

— Effectivement, je souhaitais que ça reste secret. Mais au point où j'en suis, autant tout t'avouer : c'est bientôt l'anniversaire d'oncle Graham et je voulais lui faire une surprise. Quand tu es entrée dans la cuisine, j'expliquais une recette à Mme Stravos. Ma mère prépare toujours ce plat quand Graham vient à la maison et il adore ça ! C'est un coq au vin. Je crois que ça lui fera plaisir si on lui en prépare un pour son anniversaire.

— Tu ne vas quand même pas me dire que toutes ces messes basses étaient à propos d'une vulgaire volaille ! s'exclama Kendra. Je n'y crois pas.

— C'est pourtant la vérité ! Pourquoi est-ce que je mentirais ? J'essaie seulement de me faire accepter ! Je voudrais tellement qu'oncle Graham ne regrette pas de m'avoir invitée ! Je souhaiterais faire plaisir à Anthony aussi. Et puis à toi surtout... Mais quoi que je fasse tu te mets en colère. Je ne sais pas pourquoi tu me détestes tant...

Oh, non ! Voilà qu'elle remet ça ! Des larmes, des larmes à n'en plus finir !

— Ce n'est pas que je te déteste, rétorqua Kendra. Disons que tu me rends... comment dire ? Nerveuse ! Quand mes affaires disparaissent, je n'aime pas les retrouver dans ta chambre ou à ton poignet !

— Tu crois que c'est moi qui ai empoisonné Max, hein ? fit Ariane en pleurnichant. Pourtant, je t'ai déjà dit que jamais je ne lui ferais du mal...

Kendra ne répondit pas. Elle se contenta de regarder son interlocutrice. Elle ne savait plus trop quoi penser d'elle.

— Je t'en prie, aie confiance en moi ! Tout ce que je désire, c'est que nous soyons amies, ajouta-t-elle d'une petite voix triste.

Kendra sortit un paquet de Kleenex de sa poche et le lui tendit. Puis elle poussa un soupir et dit :

— D'accord. Je veux bien te donner une deuxième chance. On restera copines tant que tu ne toucheras pas à mes affaires et que tu réfléchiras avant de me traiter d'espionne.

Ariane lui sourit à travers ses larmes.

— Je n'y manquerai pas. Je te le promets.

Kendra essaya, elle aussi, de sourire...

Lorsque Ariane fut partie, Kendra resta encore assise un moment sur le banc. Puis elle se leva pour aller répondre à la lettre de Lauren. Elle ne parlerait pas de Max. Pas tout de suite. Elle attendrait la fin de la semaine, les nouvelles seraient peut-être meilleures d'ici là.

Avant de quitter le cimetière, elle se retourna une dernière fois pour jeter un coup d'œil à l'endroit où elle avait vu Ariane et Anthony — ou Ariane et Rodolphe — la veille. La jalousie lui serra le cœur. L'idée que Rodolphe pouvait être amoureux de quelqu'un d'autre lui était insupportable.

Soudain, elle eut terriblement envie d'être près de lui.

Quand le reverrait-elle ? Elle était tellement impatiente de sentir ses caresses, ses lèvres douces contre les siennes...

C'est alors qu'un cri plaintif s'éleva dans l'air. Kendra regarda la tombe de Syrie. Le son venait de là.

La plainte s'intensifia. C'était un cri bizarre, de mauvais augure, qui déchirait l'air comme une sirène. Il cessa brusquement.

Kendra frissonna. Syrie essayait-elle de lui envoyer un message, un avertissement à propos de Rodolphe ? Ou d'Ariane, peut-être ?

Pourquoi est-ce que j'imagine une chose pareille ? se demanda Kendra.

Elle chassa cette idée de son esprit et se hâta de rentrer à la maison.

Je deviens complètement dingue... !

14

— Hallie ! Devine quoi ? s'écria Kendra, au téléphone.

— Une chaîne de télévision t'a proposé un contrat pour le journal de vingt heures. Non ? Alors tu t'envoles demain pour Hawaii, avec Rob Prentis, le roi des bouffons ? Ou bien tu...

— Bon, puisque c'est comme ça, je raccroche. Salut !

— Hé ! Attends ! Qu'est-ce qui se passe ?

— Si tu promets de ne pas dire de bêtises pendant une minute, je te raconte tout... Michel vient à New York, Michel Lamont ! J'ai reçu une lettre ce matin ! Il arrive la semaine prochaine.

— Comment ça se fait ? Il n'a pas de problèmes, au moins ?

— Non, il a quelques jours de vacances. Il a demandé à ses parents s'il pouvait venir et ils ont accepté. C'est génial, hein ?

— Jean-Louis voyage avec lui ?

— Non.

— Si j'avais su, j'aurais répondu à ses lettres... Mais c'est déjà super de revoir Michel !

— En réalité, il a envie de continuer ses études aux États-Unis l'an prochain. Peut-être même ici. Alors il va faire le tour des universités, pour se faire une idée... Ça ne doit pas être évident de s'inscrire quand on débarque de l'étranger...

— Où est-ce qu'il va loger ? Chez toi ?

— Non, chez un ami, à la cité universitaire de Columbia. C'est d'ailleurs la fac qui l'intéresse le plus. Il aimerait devenir journaliste, comme moi ; car ils ont un super département de communication, là-bas. La mauvaise nouvelle, c'est qu'il ne peut rester qu'une semaine... Néanmoins il espère qu'on aura souvent l'occasion de se voir.

— Ça va faire extrêmement plaisir à Neil, ça ! fit remarquer Hallie.

— Arrête de te moquer. Je sais bien que ça ne lui plaira pas trop, admit Kendra. Mais il ne m'empêchera pas de passer du temps avec Michel si j'en ai envie, crois-moi ! Il faudrait d'ailleurs qu'on prévoie quelques sorties.

— Oui, voilà une super idée : on ne va pas aux cours et on lui fait visiter la ville ! s'exclama Hallie. Non, sans rire, il est vraiment sympa. D'ailleurs, si je me souviens bien, c'est à moi qu'il a parlé en premier, au musée. Pauvre Michel ! Qu'est-ce qu'il a dû souffrir, loin de moi, pendant tout ce temps !

— Tu parles ! Ça te plairait, hein ?

— Oui. D'autant que, depuis l'arrivée d'Ariane, je n'ai plus trop de chances du côté d'Anthony.

Elles papotèrent encore quelques instants et convinrent des endroits où elles devraient absolument conduire Michel.

— Et Max ? Comment va-t-il ? demanda Hallie.

— Bof, toujours pareil, fit Kendra tristement.

— Je suis vraiment désolée, tu sais.

— Je sais, soupira la jeune fille. Mais s'il a tenu jusqu'à présent, il y a peut-être encore de l'espoir. Je croise les doigts en tout cas... Allez, à bientôt !

Michel appela Kendra dès son arrivée. Elle l'invita à dîner, mais il répondit qu'il était trop fatigué par le voyage et qu'il préférait se reposer. Ils prirent donc rendez-vous pour le jour suivant.

Quand la sonnette retentit, à seize heures précises le lendemain, Kendra se précipita pour ouvrir.

— Michel ! s'exclama-t-elle. Je suis si contente de te revoir !

— Bonjour, répondit-il simplement, en français.

Il l'embrassa sur les joues et lui tendit un ravissant bouquet de tulipes.

— Merci ! Elles sont merveilleuses ! s'écria Kendra en prenant les fleurs. Entre ! Je vais te présenter à ma famille !

A l'intérieur, Kendra dénicha un vase pour les fleurs et emmena Michel dans le salon, où l'attendaient Graham et Dinah.

Michel leur serra la main.

— Quelle belle maison vous avez ! dit-il en s'adressant à Graham. Elle est tellement différente des autres ! Elle doit être très ancienne ? Ça fait longtemps que vous habitez là ?

Graham rayonnait. Il adorait le vieux manoir, et il ne ratait jamais une occasion d'en parler à qui voulait bien l'écouter. Il proposa à Michel de faire le tour du propriétaire.

— Quel charmant garçon ! déclara Dinah dès que les deux hommes eurent quitté le salon. Il a dû recevoir une excellente éducation. Ça se voit tout de suite.

Kendra sourit. Effectivement, Michel était bien élevé... et très mignon aussi !

Après la visite, Kendra proposa à Michel de faire une partie de tennis avec Hallie et Anthony. Évidemment, il accepta. Il adorait le sport !

Hallie le salua et lui présenta Anthony. Ils se serrèrent la main.

— Je suis content de faire ta connaissance, dit Anthony. Prêt pour un double ?

Michel hocha la tête.

— Quand Kendra m'a affirmé que je serais peut-être un

des rares Français à battre des Américains sur un court de tennis, je n'ai pu refuser !

Anthony sourit.

— Que le meilleur gagne !

Ils jouèrent plusieurs sets avant de rentrer dîner. Kendra avait passé un après-midi merveilleux. Michel avait un sens de l'humour incroyable et elle s'était beaucoup amusée. Ça faisait longtemps qu'elle ne s'était pas sentie aussi heureuse et détendue.

Avant de passer à table, Anthony prêta un maillot de bain à Michel, et ils plongèrent dans la piscine pour se rafraîchir.

Lorsqu'ils arrivèrent dans la salle à manger, Dinah et Graham étaient déjà là. Ils discutaient avec Ariane ; elle avait été absente durant l'après-midi. Quand Kendra lui présenta Michel, elle fut tellement surprise qu'elle faillit renverser le verre qu'elle tenait à la main.

— Tiens ! Salut, Michel ! lança-t-elle, manifestement gênée.

Le garçon la salua, puis détourna les yeux. Il semblait tout aussi embarrassé qu'elle.

Anthony parut très étonné.

— Vous vous connaissez ?

— Oui, on s'est rencontrés, une ou deux fois, répondit Michel. En fait, Ariane est l'amie d'un ami...

La jeune fille acquiesça. Elle avait retrouvé assez de contenance pour échanger quelques phrases avec lui en français. Ils parlèrent si vite que Kendra ne saisit pas un mot, mais elle sentit que la conversation était tendue.

Kendra jeta un coup d'œil à Ariane. C'est quoi, son histoire ? Et pourquoi Michel a-t-il l'air si gêné en sa présence ? Est-ce que ça aurait quelque chose à voir avec ce qu'il m'a écrit récemment à propos des problèmes qu'elle a eus à Paris ?

Dès la fin du dîner, Ariane s'excusa et alla s'enfermer dans sa chambre. Les autres passèrent au salon où ils regardèrent un vieux film sur le câble. Puis Hallie et Michel partirent. Kendra et Anthony les accompagnèrent à la porte et décidèrent d'aller faire une balade dans le jardin.

— Est-ce que tu sais pourquoi Graham a invité Ariane aussi longtemps ? demanda-t-elle, alors qu'ils longeaient les parterres de fleurs.

— Non, pas vraiment. En tout cas, je suis très content qu'il l'ait fait ! Elle est vraiment formidable, non ?

Il s'arrêta soudain, repensant à la façon dont elle s'en était prise à Kendra dans le cimetière.

— Même si parfois elle a des sautes d'humeur...

— Bah, ce n'est rien, fit Kendra sans conviction. Mais ça a été si brutal ! Je veux dire qu'un jour, elle est arrivée comme ça, sans prévenir ni rien, et maintenant on la considère comme un nouveau membre de la famille.

— Pas si nouveau que ça ! répliqua Anthony. Après tout, elle connaît Graham depuis qu'elle est petite. Et tu as remarqué à quel point ils sont attachés l'un à l'autre. D'ailleurs elle s'en va à la fin de l'année. Ça arrivera vite, tu sais...

Sa voix s'était brisée sur ces derniers mots.

— Je sais. Mais tu ne t'es jamais demandé pourquoi il l'avait invitée ?

— Si, bien sûr ! Quand je lui ai posé la question, il s'est mis en colère et m'a dit de m'occuper de mes affaires. Ça faisait une éternité qu'il ne m'avait pas parlé sur ce ton. Alors j'ai préféré ne pas trop insister.

— Tu ne trouves pas cela étrange ? interrogea Kendra.

Anthony se retourna et la regarda dans les yeux.

— Qu'est-ce que tu essaies de me faire avouer ?

— Rien... Je pensais seulement que tu serais curieux de mieux connaître sa vie en France : son passé, ses relations avec Graham...

— Tu penses que je devrais mener une enquête sur mon propre père, c'est ça ? demanda Anthony en riant, tandis que Kendra détournait le regard, embarrassée. Bon, si tu veux ! Tu as peut-être raison, après tout. Je vais voir ce que je peux trouver, d'accord ?

Kendra soupira. Parfois, elle se disait qu'elle n'avait pas encore réussi à entrevoir le début du mystère qui entourait Ariane...

Le reste du week-end, Kendra passa la plus grande partie de son temps avec Michel, car ils allèrent à un concert de jazz au Lincoln Center, puis dans un magasin de disques. Ils virent plusieurs films au cinéma et écumèrent les cafés de la 3e Avenue. Le soir, Kendra et ses amis l'emmenèrent en boîte, notamment Chez Camille et au Feathers. Ils firent un tour au zoo de Central Park le dimanche matin. Anthony, qui les avait accompagnés, dut littéralement l'arracher des cages des pingouins et des ours polaires : Michel adorait les animaux ! Il fut très triste lorsqu'il apprit que Max était malade.

La plupart du temps, Neil se joignait à eux, Kendra n'était plus fâchée contre lui et elle lui avait téléphoné. Il ne l'intéressait plus vraiment en temps que petit ami — elle eut la franchise de le lui avouer — mais elle lui rappela qu'ils avaient longtemps été bons copains, et lui suggéra de le rester. Neil fut heureux d'entendre cela, même s'il comprenait qu'il ne s'agissait plus maintenant d'amour entre eux mais d'amitié. Dès lors il se joignit de bon cœur au petit groupe qui faisait visiter la ville à Michel. Et il cacha parfaitement sa déception.

Ariane ne les accompagna qu'une fois ou deux. Elle servait d'interprète quand l'anglais de Michel faisait défaut. Apparemment, ils étaient plus à l'aise qu'au début, mais on sentait qu'ils n'étaient pas vraiment amis.

Ils restent polis, c'est tout, pensa Kendra.

Le dimanche soir, Anthony et Ariane décidèrent de sortir. Kendra demeura à la maison avec Dinah et Graham. Ils invitèrent Michel pour le dîner. Mme Stravos avait promis qu'elle ferait un repas typiquement américain. Et elle tint parole. Elle prépara du poulet pané, de la purée de pomme de terre avec de la sauce barbecue, des galettes de maïs, et quantité de cookies pour le dessert. Michel se resservit plusieurs fois. Manifestement, il se régalait !

Après le dîner, Kendra l'emmena se promener sur le chemin qui surplombait la falaise. Mais elle fit attention de ne pas l'entraîner trop près du bord. Elle n'avait pas oublié l'« accident » de Neil, et elle ne voulait pas risquer une autre chute.

Kendra n'arrêtait pas de regarder le jeune homme. Plus le week-end passait, plus elle le trouvait mignon. Il n'était pas aussi grand que Neil ou Anthony, mais il était très beau à sa manière. Il était mince, avait des pommettes hautes, de longs cheveux blonds et raides noués en queue de cheval, et des yeux bruns extrêmement chaleureux.

Lorsque Michel s'aperçut que Kendra n'arrivait pas à détacher son regard de lui, il lui sourit sans dire un mot.

Ils continuèrent à marcher en silence, puis s'arrêtèrent pour contempler les lumières de la ville qui se reflétaient dans l'eau de l'East River. C'était un spectacle magnifique !

— Merci pour ce super week-end, Kendra. C'était vraiment gentil d'avoir organisé toutes ces visites. De plus, tes copains sont très sympas ; je me suis beaucoup amusé avec vous.

— Ça nous a également fait plaisir, répondit-elle avec enthousiasme. Tu t'entends bien avec tout le monde, c'est dément !

— *Dément ?* répéta-t-il. C'est comme *génial*, non ?

Son anglais n'était pas encore parfait, mais il avait réellement envie d'apprendre. D'autant qu'il devait venir faire ses études à New York l'année suivante...

— Oui, fit Kendra en riant. Tout le monde t'aime, c'est dément, c'est génial, c'est complètement dingue ! s'exclama-t-elle.

Elle marqua une petite pause et poursuivit :

— Pourtant tu n'es pas très ami avec Ariane, n'est-ce pas ?

Aussitôt, Michel détourna le regard et prit un air distant.

Kendra l'observa attentivement :

— Tu m'as écrit qu'elle avait été obligée de quitter la France... Pourquoi ? Quel genre de problèmes a-t-elle eus ?

Michel secoua la tête :

— Ce n'est rien. Juste des ragots. Je n'aime pas raconter des histoires dont je ne suis pas certain.

Kendra ne voulait pas insister, mais elle ne put s'en empêcher. Sa curiosité était piquée au vif.

— Elle a fait quelque chose de grave, à Paris ?

— Non... Pas vraiment... C'était un accident. Enfin, je crois. Une tragédie terrible. Mais elle n'en était probablement pas responsable.

— Michel, s'il te plaît, raconte-moi ce qui s'est passé, demanda Kendra, doucement. Il faut que je sache. C'est important.

Il la regarda d'un air interrogateur, puis haussa les épaules.

— Bon, d'accord. Mais je ne suis pas personnellement au courant de l'histoire. C'est quelqu'un de mon lycée qui me l'a racontée. Et comme je ne suis certain de rien, je ne voudrais pas que tout le monde le sache...

— Oui, je comprends. Mais tu peux me faire confiance. Je te promets que je serai muette comme une tombe.

— Ça s'est produit l'an dernier, dit-il en baissant les yeux vers la rivière. Ariane a toujours eu beaucoup de succès. Surtout avec les garçons. Mais elle ne pouvait pas consacrer son temps à chacun d'entre eux, évidemment. En fait, elle est sortie plusieurs fois avec le même, et puis un jour, elle a refusé de le revoir. Personne ne sait pourquoi. Il était amoureux fou — du moins, c'est ce qu'il croyait — et ça le rendait malade qu'elle le quitte. Il n'arrêtait pas de l'appeler pour la convaincre de revenir. Elle a essayé de lui expliquer que tout était fini entre eux, mais il ne voulait rien savoir. Alors, elle a fini par devenir méchante...

— Qu'est-il arrivé ? insista Kendra.

Michel lui lança un coup d'œil.

— On l'a retrouvé pendu dans sa chambre.

Kendra retint son souffle.

— Il n'y avait pas de lettre. Seulement des rumeurs. La police a mené une enquête et a conclu au suicide, mais certaines personnes n'étaient pas convaincues.

Il haussa les épaules.

— Moi, je n'ai pas d'avis là-dessus. La plupart des gens ont accepté le résultat de l'enquête mais la rumeur continuait quand même à accuser Ariane. Mon ami m'a affirmé qu'elle n'avait pas de cœur et qu'elle avait souvent fait des crasses au garçon qui s'est tué...

Kendra regarda Michel avec des yeux horrifiés. Quelqu'un s'était donné la mort, et c'était la faute d'Ariane ! Pire, elle était suspectée dans la cause de ce décès... c'était peut-être un meurtre !

Michel se tourna vers elle :

— Tu comprends pourquoi je te demande de garder le secret. Il ne faut en parler à personne. Ariane a eu peur lorsqu'elle m'a vu ici. Elle doit craindre que je ne révèle son passé. Alors, s'il te plaît, ne raconte rien...

Kendra hocha la tête.

— Promis.

Michel sourit.

— Je me sens en confiance avec toi, et quand tu promets, je te crois. J'ai l'impression que tu es très honnête.

— J'essaie, répliqua Kendra en souriant à son tour.

Le garçon la regarda, soudain rêveur.

— A quoi penses-tu ? demanda-t-elle pour le taquiner.

Il haussa les épaules et répondit :

— Tu penses qu'on peut tomber amoureux au point de vouloir se suicider, plutôt que de vivre sans la personne aimée ?

Kendra réfléchit un moment. Elle avait été prise de court par le sérieux de la question.

— J'imagine que ça se produit de temps en temps, dit-elle calmement. Mais je ne suis pas sûre que ce soit de l'amour, dans ce cas-là. Ça ressemble plutôt à une espèce de maladie, une obsession.

Michel l'avait observée pendant qu'elle parlait. Il étendit la main et caressa délicatement ses cheveux.

— Tu es merveilleuse, souffla-t-il. Si je tombais amoureux de toi, ça t'embêterait ?

Elle secoua la tête.

— Non...

Il l'attira doucement dans ses bras et l'embrassa. Kendra se laissa faire.

Tout à coup, le carillon de cristal résonna, et l'image de Rodolphe surgit dans son esprit. Elle ne s'y attendait pas mais, brusquement, elle eut envie de ses bras forts, de ses lèvres chaudes...

Le carillon tintait, tel un avertissement. Une voix murmura dans son oreille :

— Kendra, c'est à moi que tu appartiens. Ne l'oublie jamais !

La jeune fille s'écarta de Michel assez brutalement.

Il la dévisagea avec inquiétude.

— Tu as quelqu'un d'autre, c'est ça ? C'est Neil ? Je croyais que ce n'était qu'un ami...

Kendra hocha la tête, encore plus ennuyée qu'auparavant. Elle avait envie de rester avec Michel, elle avait envie qu'il l'embrasse. Mais Rodolphe s'était interposé...

Elle détourna les yeux, ne sachant que répondre.

— En fait... Oui. Il y a quelqu'un d'autre.

— Je comprends, dit Michel en lui effleurant la joue. J'accepte... Mais on peut rester amis, non ? Ça te ferait plaisir ?

— Oui, beaucoup, avoua Kendra.

— Dément ! s'exclama-t-il en lui souriant.

Kendra se força à lui retourner son sourire mais le cœur n'y était pas. Après trois jours formidables, sa bonne humeur venait de s'envoler.

15

Cette nuit-là, Kendra eut du mal à trouver le sommeil. Elle était trop énervée. Que voulait Rodolphe, exactement ? Il lui avait dit qu'il l'aimait et qu'il souhaitait l'aider à développer ses pouvoirs. Mais pas pour faire du mal à ses proches ! Pas pour tuer !

Elle n'arrêtait pas de se retourner dans son lit, ses pensées la tourmentaient. Au bout d'un moment, elle décida de rallumer la lumière et de lire. Elle prit un gros roman d'amour et lut jusqu'à ce que ses yeux se ferment d'épuisement.

Le lendemain matin, en se levant, elle se sentit complètement vidée. Et la journée allait être chargée ! Elle avait une interro d'histoire, et elle s'était arrangée avec M. Taylor afin que Michel soit autorisé à visiter le studio de télé de Wilbraham. Elle devait aussi passer devant la caméra cet après-midi, ce qui la stressait toujours un peu.

Elle se regarda dans le miroir de la salle de bains et poussa un cri d'horreur. Elle avait les traits tirés et ses yeux étaient injectés de sang à cause du manque de sommeil. Elle sauta sous la douche, espérant que l'eau chaude lui ferait du bien et qu'elle l'aiderait à chasser ses idées noires.

Avant le début de l'émission, elle rencontra Michel à l'extérieur du studio.

— Je suis très content, lança-t-il. Hallie m'a dit que tu étais une vraie pro devant la caméra ! J'ai hâte de voir ça de mes propres yeux !

Kendra sourit et l'entraîna à l'intérieur. Neil et Ariane se trouvaient déjà là, mais ils n'avaient pas l'air contents de retrouver Michel. M. Taylor salua chaleureusement le jeune Français. Il lui montra l'équipement technique dont il disposait et lui expliqua rapidement comment on préparait les prises de vues.

Michel fut émerveillé. Il voulut tout savoir, de l'utilisation des caméras à la régie des lumières. Et comme il semblait fort bien se débrouiller seul, Kendra décida de relire ses notes dans un endroit calme. Elle opta pour la cabine de contrôle.

Quelques minutes plus tard, M. Taylor l'appela. Quand elle releva la tête, il lui montra l'horloge sur le mur :

— C'est bientôt à toi !

La jeune fille se leva, passa nerveusement la main dans ses cheveux, et rejoignit le plateau. Les projecteurs l'aveuglèrent un instant lorsqu'elle s'installa devant le bureau. Plusieurs élèves disposèrent des caméras autour d'elle, tandis que d'autres réglaient l'intensité de la lumière.

— Prête ? demanda un cameraman.

Elle fit oui de la tête, d'un air confiant. Elle était impatiente de montrer à Michel de quoi elle était capable. Elle adorait passer à la télé. D'autant qu'elle savait qu'elle était douée. Elle vit que Michel la regardait depuis la cabine de contrôle. Il lui fit un sourire et un signe de la main.

Mais avant que les caméras ne se mettent à tourner, Kendra remarqua qu'Ariane se dirigeait vers lui. Elle posa la main sur une longue perche de métal qui retenait un lourd projecteur. Puis elle se pencha vers le garçon et lui murmura quelque chose à l'oreille. Ça ne devait pas être très agréable, car il la repoussa et lui fit signe de s'en aller.

— Kendra ! appela M. Taylor. C'est à toi dans dix secondes !

Elle regarda en direction des caméras. Cependant, elle se sentait énervée. Et furieuse contre Ariane ! A cause d'elle, voilà qu'elle se mettait à trembler !

Les caméras commencèrent à tourner. Kendra lut le texte qui défilait sur le prompteur. Soudain, elle remarqua que quelque chose bougeait dans la cabine de contrôle. Le gros projecteur sur lequel Ariane s'était appuyée était en train de basculer.

Kendra vit avec horreur l'énorme lampe heurter le garçon à la tête. Il s'effondra sur la table, tandis que le projecteur atterrissait sur les circuits électroniques. Il y eut d'abord une explosion suivie d'une pluie d'étincelles et d'éclats de verre. On entendit un grand crac et les lumières s'éteignirent toutes en même temps, plongeant le studio dans l'obscurité.

Kendra bondit sur ses pieds. Elle tenta frénétiquement de se frayer un chemin vers la cabine de contrôle. Mais elle ne distinguait rien dans le noir. Autour d'elle, tout le monde hurlait.

Dès qu'elle réussit à ouvrir la porte antibruit, elle perçut un cri plus aigu que les autres. C'était celui de Michel ! Une lumière bleue dessinait les contours de son corps. Il semblait danser comme un pantin désarticulé, tandis que le courant le traversait de part en part. Son hurlement couvrit le bourdonnement électrique et les cris des autres élèves.

Kendra se précipita vers lui. Elle sentit une ombre la frôler dans le noir. Elle perçut un parfum familier. Ariane !

Elle l'avait vue parler à Michel juste avant que le projecteur ne s'effondre. Ariane s'était appuyée sur la perche pour lui dire quelque chose. Avait-elle délibérément poussé la lampe pour qu'elle tombe sur le garçon ?

— Qu'est-ce que tu as encore fait ? lança Kendra, hors d'elle.

Mais il y avait tant de bruit, de cris, que personne ne l'entendit. Et ça lui était bien égal ! Elle se tourna vers Michel et hurla :

— Non ! Non !

Alors, il y eut un bruit violent, et la lumière revint dans le studio. Tout le monde resta figé, clignant des yeux et essayant de comprendre ce qui s'était passé. Enfin, un murmure s'éleva.

Michel était étendu à terre, près de la console. Il ne bougeait plus. Ses yeux étaient fermés. Une blessure lui barrait le front, d'où s'échappait un filet de sang. Le projecteur l'avait heurté de plein fouet.

Taylor et Kendra s'agenouillèrent près de lui. Le professeur prit le poignet de Michel pour sentir son pouls. Des larmes perlèrent aux yeux de la jeune fille. Mais M. Taylor poussa un soupir de soulagement et se releva.

L'instant d'après, Michel lâcha un grognement et battit des paupières. Il était vivant !

— Mon Dieu ! s'exclama-t-il en français.

Il regarda Kendra qui était affreusement pâle.

— Qu'est-ce... qu'est-ce qui s'est passé ?

— Tu as reçu un projecteur sur la tête, répondit-elle. Et tu es tombé.

M. Taylor aida Michel à se remettre sur pied.

— Et puis tu t'es pris une décharge électrique. Il y a eu un court-circuit dans la console. Ça ira ?

Il lui tendit un Kleenex afin qu'il s'essuie le front, et l'examina d'un air soucieux.

Michel fit oui de la tête. Il semblait très secoué.

— Je n'ai que cette coupure sur le front...

— Oui, mais on va quand même t'emmener à l'infirmerie, c'est plus sûr, répliqua M. Taylor.

— Oh, non, ce n'est pas la peine. Je me sens déjà mieux ! protesta Michel. Ce n'était qu'une petite chute !

Mais M. Taylor était déterminé.

— J'insiste ! Il faut faire un contrôle de routine et te mettre un pansement.

Brusquement, Kendra se mit à sangloter. Neil d'abord, ensuite Michel... Qui serait le suivant ? Tous les gens qui l'entouraient étaient-ils en danger ?

— Oh, Michel ! J'ai eu tellement peur ! s'écria-t-elle en le prenant dans ses bras.

Elle n'avait pu s'en empêcher. Elle le serra un instant puis s'écarta, embarrassée. Elle l'accompagna, avec M. Taylor et Neil, jusqu'à l'infirmerie du lycée.

Et pendant tout le temps que dura la scène, elle sentit le regard d'Ariane dans son dos. Dur et froid. Impitoyable.

16

Kendra pleura beaucoup avant de s'endormir, ce soir-là. Michel n'avait pas été gravement blessé, mais qui sait ce qui se passerait la prochaine fois ? Elle avait l'impression qu'Ariane était responsable de tous ces drames. Qu'elle cherchait à ruiner sa vie ! Elle devait en parler à quelqu'un. Mais à qui ? Personne ne la croirait !

Kendra sombra dans le sommeil. Des larmes de désespoir ruisselaient sur ses joues.

Quelques heures plus tard elle se réveilla. Elle ne se sentait pas bien. Dans l'obscurité, de sombres pensées envahissaient son esprit. Elle décida d'aller faire un tour dans le jardin afin de s'éclaircir les idées.

En contournant la maison, elle aperçut une lueur. Elle venait du vieil abri de jardin qui n'était plus utilisé, au dire de M. Stravos, le mari de la gouvernante. Il était fermé à clef, avait-il précisé, un jour où Kendra essayait d'y pénétrer.

Elle frissonna. Le pauvre homme était mort juste après l'avoir prévenue que l'abri était dangereux et qu'il ne fallait pas qu'elle y entre...

Il ne fallait pas qu'elle y entre.

Elle le savait. Pourtant, en cet instant, elle ne pouvait s'empêcher d'être attirée par cet endroit. Quelque chose la poussait à avancer vers cette lumière mystérieuse.

Elle entendit des voix qui provenaient de la cabane, et s'approcha.

— Pourquoi veux-tu le tuer ? demanda un homme.

C'était Graham ! Mais à qui s'adressait-il ?

— Je ne veux pas le tuer. C'est Kendra qui décide, répondit une autre voix, calmement. C'est à elle de choisir si elle veut qu'il meure ou qu'il reste en vie.

Rodolphe ! Graham connaissait Rodolphe !

Elle tendit l'oreille.

— Elle a des pouvoirs, elle doit les utiliser. Tu sais à quel point c'est important pour moi. Je veux qu'elle développe ses facultés au maximum. Et qu'elle devienne aussi puissante que possible. Sa puissance, c'est ma vie. Si elle ne m'obéit pas, j'utiliserai la manière forte !

— Mais l'autre, alors... Ariane ? demanda Graham.

— Elle n'est rien pour moi. Elle n'est pas exceptionnelle.

Graham murmura quelque chose en réponse, mais Kendra ne saisit pas ce qu'il disait.

Elle recula doucement. Elle n'en croyait pas ses oreilles. Graham connaissait Rodolphe ! Était-il en train de l'aider à faire disparaître quelqu'un ? Qui allait mourir ?

Soudain, le son de ces voix réveilla des souvenirs dans l'esprit de Kendra. N'avait-elle pas déjà entendu les deux hommes discuter ensemble ? Mais quand ? Et où ? N'était-ce pas dans ce même abri de jardin ? Qu'est-ce que son beau-père complotait avec Rodolphe ? Pourquoi parlaient-ils d'elle ? Était-elle aussi en danger ?

Kendra courut vers la maison. Avant d'ouvrir la porte, elle se retourna une dernière fois, par curiosité. Il n'y avait plus de lumière. L'abri paraissait abandonné, comme d'habitude.

Elle tremblait de la tête aux pieds et se dépêcha de regagner sa chambre. Elle se jeta sur son lit, tira les couvertures sous son menton et s'efforça désespérément de chasser le froid qui s'était emparé d'elle. Elle frissonna encore un long moment. Puis elle s'assoupit. Elle était littéralement épuisée.

— Tu me déçois beaucoup, Kendra.

La voix sortait de l'obscurité, douce comme du velours. Cette fois, il n'y avait eu ni tintement du carillon ni nuage d'étincelles. Seulement Rodolphe, entouré d'un halo scintillant dans le coin de la chambre.

Elle sursauta et s'appuya contre son oreiller.

— Tu étais dehors, près de l'abri de jardin, et tu nous écoutais, affirma-t-il. Pourquoi n'es-tu pas entrée ? J'aurais été tellement heureux de te voir.

— Arrêtez de me torturer, Rodolphe ! répliqua-t-elle. Vous êtes cruel ! C'est vous qui avez voulu tuer Michel, n'est-ce pas ? Qui sera votre prochaine victime ?

— Michel n'est pas mort, remarqua-t-il calmement. Mais tu me déçois énormément. Tu n'as pas réfléchi. Qu'est-ce qui te fait croire que j'étais en train de parler de Michel ?

— Pourquoi ? Il y a quelqu'un d'autre ? s'écria-t-elle. Vous avez déclaré que c'était moi qui devais décider s'il devait vivre ou mourir. Vous ne parliez pas de Michel ?

Il poussa un soupir.

— Je sais que tu ne fais appel à tes pouvoirs qu'en cas d'extrême urgence. D'ailleurs, tu le fais sans t'en rendre compte, lorsqu'une personne est en danger. Comme le jour où le taxi a failli percuter Anthony et Ariane. Ou quand Michel a manqué d'être électrocuté. Mais je veux que tu réfléchisses, Kendra ! Je veux que tu te serves de tes pouvoirs quand tu en as envie, et pas seulement en cas de nécessité. C'est la seule façon pour toi d'apprendre et de devenir aussi forte que je le souhaite.

— Je n'utiliserai pas ces pouvoirs ! rétorqua l'adolescente. Je vous ai déjà dit que je n'en voulais pas !

— C'est toi qui décides. Mais fais attention, quelqu'un

risque de payer les pots cassés. La vie ou la mort : c'est toujours toi qui choisis.

Quelqu'un d'autre était en danger ?

— Mais qui ? Qui est-ce ? répéta-t-elle.

— A toi de deviner ! lança-t-il sur un ton provocateur. Toi seule as le pouvoir de le sauver. Réfléchis, Kendra.

Elle ferma les yeux et se concentra. Qui était en danger ? De qui Rodolphe parlait-il ?

Soudain, elle comprit. Pourquoi n'y avait-elle pas pensé plus tôt ?

— Max ! s'exclama-t-elle.

— Ah, enfin ! Je me demandais pourquoi tu laissais souffrir ainsi cette pauvre bête ! Il ne va pas survivre longtemps si tu ne fais rien, tu sais.

— Je vous déteste ! s'écria-t-elle. Je ne vous laisserai pas tuer Max, vous m'entendez ?

Elle se précipita vers son placard, pour attraper quelques affaires.

— Peu importe l'heure ! Je vais le voir ! Et ils n'ont pas intérêt à m'en empêcher !

Rodolphe étendit les bras et lui barra le passage.

— Et si moi je t'en empêche ?

— Laissez-moi passer, Rodolphe !

— Non ! Alors, Kendra, peux-tu le sauver d'ici ? J'aimerais bien le savoir. Montre-moi de quoi tu es capable !

Elle se dégagea et courut vers la fenêtre, le visage inondé de larmes.

Maintenant elle comprenait pourquoi le pauvre chien malade était monté jusqu'au troisième étage ! Elle seule pouvait le sauver. Il avait dû le sentir.

Oh, Max ! Elle ouvrit la fenêtre et cria son nom dans la nuit froide. Puis elle se concentra de toutes ses forces. Elle réalisa combien elle aimait cet animal, combien il était loyal envers elle et Lauren, et elle se remémora les innombrables bons moments qu'ils avaient passés ensemble.

En cet instant, hors du temps, Kendra ne savait qu'une chose, c'est qu'elle aimait Max plus que tout au monde. Si elle avait réellement des pouvoirs, alors elle mettrait tout en œuvre pour le sauver. Elle dirigea son énergie sur le chien. Ensuite elle le visualisa dans son esprit : il était en bonne santé, comme avant. Il gambadait en aboyant joyeusement.

Max ! Non ! Je ne veux pas que tu meures !

Soudain, elle se sentit calme, rassérénée. Il lui semblait qu'on avait ôté un poids de ses épaules. Elle prit une profonde inspiration et se retourna vers Rodolphe.

Il était debout au milieu de la pièce, près des vêtements qu'elle avait laissés tomber pour se précipiter vers la fenêtre.

— Alors ? demanda-t-il.

Elle s'effondra dans un fauteuil, exténuée.

— Tu as réussi ? insista-t-il.

Elle le regarda à travers la mèche de cheveux qui lui barrait le visage et fit oui de la tête.

Il poussa un soupir de satisfaction et lui sourit.

— Merveilleux ! Je suis fier de toi ! Tu as fait beaucoup de progrès, ce soir !

Elle le foudroya du regard. Elle se moquait pas mal de ce qu'il pensait.

— Je t'ai montré ta force, continua-t-il. Maintenant, tu peux profiter de tes pouvoirs. Tu ne dois plus en avoir peur.

Il traversa la pièce et la rejoignit.

— Écoute-moi, Kendra. Quand tu auras développé ton potentiel, tu pourras utiliser ces facultés extraordinaires. Et tu seras heureuse que je sois là, près de toi. Heureuse de m'aimer autant que je t'aime. Nous serons ensemble, pour toujours.

Sa voix se fit plus douce :

— C'était écrit.

Il lui prit la main, mais elle le repoussa.

— Ne me combats pas, Kendra. Ça ne sert à rien.

Il écarta la mèche de cheveux qui couvrait son visage et se pencha afin de lui donner un baiser. D'abord sur les joues, puis sur les lèvres.

— Non ! cria-t-elle en reculant.

Il fallait enfin lui dire ce qu'elle voulait savoir !

— Pour ce qui est de Graham et d'Ariane, alors ? Ils ont également des pouvoirs ? Sont-ils aussi mauvais que vous ?

Rodolphe ignora sa question. Un regard moqueur filtra entre ses paupières qui ne présageait rien de bon.

— Ariane est très belle, n'est-ce pas ? remarqua-t-il. Elle a de si jolis yeux bruns...

Une douleur atroce serra le cœur de Kendra. Elle tressaillit en se souvenant de Rodolphe et d'Ariane en train de s'embrasser dans la nuit.

— Ne t'inquiète pas, Kendra. Tu n'as aucune raison d'être jalouse, murmura Rodolphe à son oreille. Je n'aime que toi.

Elle frémit. Elle avait envie de le croire, malgré tout, malgré le danger.

— Tu as froid. Laisse-moi te réchauffer.

Il l'attira contre sa poitrine.

— Regarde-moi dans les yeux, Kendra : tu aperçois ton reflet ? Tu vois à quel point je t'aime ?

Elle l'observa intensément et se perdit dans le bleu profond de son regard. Les lèvres de Rodolphe caressèrent doucement les siennes, ses bras la serrèrent un peu plus fort. Elle s'accrocha à lui, prise de vertiges.

— Noooon !

Un cri triste, spectral déchira le silence.

— Non, Kendra ! Ne fais pas ça !

Quelqu'un sanglotait, là, près de son oreille.

— Empêche-le, Kendra !

C'était la voix de Syrie ! Le fantôme de la jeune fille lui lançait un avertissement !

Kendra repoussa Rodolphe avec violence.

— Fichez-moi la paix ! s'écria-t-elle. Allez-vous-en ! Je ne veux plus vous revoir !

Un éclair de colère traversa les yeux bleus.

— Regarde-moi, Kendra, ordonna-t-il.

Kendra avait l'impression qu'on la forçait à faire une chose dont elle n'avait pas envie. Elle n'aimait pas du tout ça. Elle plongea néanmoins son regard dans celui de

Rodolphe et elle distingua un visage. Mais ce n'était pas le sien. C'était celui d'Ariane!

Elle poussa un cri, tandis que Rodolphe éclatait de rire. Un nuage doré trembla dans l'air. Mais de manière tout à fait inhabituelle, les petites lumières se mirent à bourdonner autour de lui. Sa voix couvrit les craquements électriques qui ressemblaient à des manifestations de colère.

— Ne me repousse plus jamais, Kendra! Je te préviens. Et n'essaie pas de me quitter. De toute manière, tu ne peux pas m'échapper! Je suis ton destin!

17

Malgré sa terrifiante rencontre avec Rodolphe, Kendra explosa de joie le lendemain matin. Elle décrocha le téléphone ct appela Hallie avant de descendre prendre son petit déjeuner.

— Hallie! Réveille-toi! Je connais quelqu'un qui veut te dire bonjour.

— Si tôt le matin? grogna la jeune fille, à l'autre bout du fil. Ça ne peut pas attendre jusqu'à midi?

— Non. Il faut que tu te lèves, de toute façon. Tu te rappelles que tu vas au lycée? Qu'il y a cours? Allez, debout, et dis bonjour à celui qui attend depuis si longtemps!

— Qui ça?

Kendra plaça le combiné devant le museau de Max et celui-ci aboya bruyamment.

— Max? s'écria Hallie. Il va donc mieux? Dcpuis quand est-il revenu?

— Graham l'a ramené, tôt ce matin.

— Alors il s'est rétabli? demanda Hallie.

— Le vétérinaire a déclaré que c'était un véritable miracle, qu'il n'avait jamais vu ça, répondit Kendra. Il n'a toujours pas compris ce qui s'est produit. C'est arrivé tout d'un coup: Max s'est levé en plein milieu de la nuit, il a aboyé et a sauté dans tous les sens!

— C'est génial !

— Oui ! Et il aurait mis la clinique sens dessus dessous, si on ne l'avait pas laissé sortir. Il était tellement content de rentrer à la maison ! Hier, il se sentait encore très mal. A tel point qu'on pensait qu'il ne passerait pas la nuit. Mais maintenant, il va bien, n'est-ce pas, Max ? ajouta-t-elle en lui chatouillant l'oreille.

Le chien aboya gaiement.

— C'est vraiment super, Kendra. Je suis impatiente de le revoir !

— Oui, je voulais juste te tenir au courant, fit Kendra. On se retrouve tout à l'heure au lycée ?

— Pas de problème. Maintenant que je suis levée !

Kendra téléphona ensuite à Neil.

— Neil ? Je te réveille ? J'ai une nouvelle géniale à t'annoncer.

Kendra lui raconta l'histoire, et il fut aussi heureux qu'Hallie. Il fit une proposition à son amie.

— Écoute, j'ai également une super nouvelle. J'ai deux billets pour le match de foot de jeudi. Mon père devait y emmener un de ses clients mais le type lui a annoncé qu'il avait un rendez-vous qu'il ne pouvait remettre. Alors mon père m'a donné les billets. Tu veux venir avec moi ?

— Il faudra qu'on sèche les cours ?

— Allez, Ken ! C'est un grand match, et l'équipe a de très grandes chances de gagner cette année. Moi, je sèche, en tout cas. En fait, je me sens déjà un peu malade. La grippe arrive. Elle va sûrement me toucher de plein fouet, jeudi prochain ! Et toi, tu n'as pas le nez qui commence à couler ?

Ça faisait de la peine à Kendra de refuser. Mais Michel partait justement jeudi, et elle lui avait promis de l'accompagner à l'aéroport. Il faudrait aussi qu'elle sèche des cours et elle n'aimait pas ça. Mais elle n'avait pas le choix. Michel avait beaucoup insisté et elle avait fini par accepter.

Évidemment, je ne peux pas expliquer ça à Neil, songea-t-elle.

— Non, désolée. Mais merci quand même. Une autre fois, peut-être.

— Oui, pour la finale.

— Tu veux certainement dire *s'ils* arrivent en finale! rit-elle.

— Ne te fais pas trop d'illusions, Kendra! La saison est presque terminée et elle a été excellente, remarqua Neil, très sérieusement. Bon, à tout à l'heure, au lycée!

Kendra raccrocha. Elle se sentait légèrement coupable. Elle avait presque passé toute la semaine avec Michel, et elle n'avait eu que très peu de temps à consacrer à Neil. Maintenant qu'ils étaient de nouveau amis, elle ne voulait pas lui donner les vraies raisons de son refus, ce qui le rendrait inévitablement jaloux. Elle se promit de faire des efforts dès que Michel serait parti.

— Mais cet animal ne te quitte plus! s'exclama Dinah, le soir, pendant le dîner.

Max était étendu à ses pieds, sous la table, le museau entre les pattes. Il comprit qu'il était le sujet de la conversation et leva la tête.

Kendra fit comme si elle n'avait pas entendu. Tout ce qu'elle voulait, c'était achever son repas tranquillement et regagner sa chambre au plus vite. Ce n'était pas très drôle de prendre ses repas avec Graham en face d'elle et Ariane à sa droite, elle était pressée de partir.

Dinah lança un regard désapprobateur à Max.

— Je crois savoir que ce n'est pas du tout sain de garder un chien près de soi quand on est en train de manger. Bientôt, il viendra nous réclamer de la nourriture, tu vas voir! C'est une très mauvaise habitude, tu ne dois pas le laisser faire. Graham, mon chéri, dis quelque chose, je t'en prie. Kendra fait la sourde oreille, et il faut bien qu'on renvoie ce chien!

— Oh, écoute, tu vois bien qu'il ne fait rien de mal, répondit Graham. D'ailleurs, on l'a convenablement dressé et il a largement assez à manger : il ne nous réclamera jamais quoi que ce soit. Et puis, le pauvre a passé une si mauvaise semaine! On pourrait être un peu indulgents avec lui, pour une fois.

Dinah n'était pas contente :

— C'est facile à dire. Toi, tu t'en vas demain, alors tu n'auras pas à supporter ce bruit de machine à vapeur sous ton assiette quand il respire ! C'est une honte ! Vous êtes tous les deux de parfaits égoïstes !

Kendra releva la tête. Graham partait ? Première nouvelle !

Anthony parut aussi surpris qu'elle.

— Où vas-tu ? demanda-t-il.

— J'ai deux ou trois affaires à régler à Paris, expliqua Graham. Je pars pour une dizaine de jours. D'ailleurs, je prendrai peut-être le temps de rendre visite à Lauren en Suisse.

Un frisson parcourut le dos de Kendra. Elle avait peur de Graham depuis qu'elle l'avait entendu discuter avec Rodolphe dans l'abri de jardin. Et elle se souvint qu'Anthony lui avait raconté qu'il s'était mis très en colère quand il lui avait demandé pourquoi il avait invité Ariane. En fait, son beau-père n'avait jamais mal agi, mais Kendra était terrifiée à l'idée de le savoir seul avec sa sœur. Lauren était loin et Graham pouvait faire tout ce qu'il voulait avec elle — ou tout ce que Rodolphe lui ordonnerait de faire. Personne ne serait capable de l'en empêcher.

Kendra devait intervenir ! Mais comment ?

— Et toi, pourquoi n'y vas-tu pas ? demanda-t-elle à sa mère.

— Ça s'est décidé très vite, intervint Graham en regardant Kendra d'un air sévère. Et tu sais bien que ta mère a besoin d'un certain temps pour se préparer...

— Ça, je l'avoue ! fit Dinah. La moitié de mes vêtements sont encore chez le teinturier, et j'ai plusieurs rendez-vous. Il faut également que je téléphone à ma manucure. Ça fait une éternité que je ne suis pas allée chez elle.

— Et alors ? répliqua Kendra. Tu as beaucoup plus d'habits que de valises, de toute manière. Et tu peux toujours reporter tes rendez-vous, ce ne sera pas la première fois ! Tu ne veux pas voir Lauren ?

— Si, bien sûr, concéda Dinah. Je pourrais même en profiter pour renouveler ma garde-robe à Paris avant de rendre visite à ta sœur...

Graham détourna brusquement les yeux. Mais la partie n'était pas gagnée : Kendra devait trouver d'autres arguments afin de persuader sa mère.

— Et puis, tu as besoin de repos. Ça fait longtemps que tu n'as pas pris de vacances. Ça te fera le plus grand bien de partir un peu.

— Oui, tu as raison. Je suis fatiguée en ce moment, reconnut Dinah. Et la maison est calme, maintenant que Lauren n'est plus là et que vous sortez presque tous les soirs...

Elle jeta un regard entendu à Ariane et à Anthony.

— Mais tu es sûre que ça ira, Kendra ? poursuivit-elle, inquiète. Tu ne vas pas faire de bêtises en notre absence ?

La jeune fille secoua énergiquement la tête.

— Non, j'ai plein de choses à préparer pour le lycée... J'ai hâte que tu nous rapportes des nouvelles fraîches de Lauren. Et n'oublie pas de lui faire un énorme bisou de ma part !

— Bon, alors c'est d'accord, fit Graham, pas vraiment enthousiaste.

Dieu merci ! pensa Kendra. Elle se sentirait beaucoup mieux, sachant que Dinah accompagnait son beau-père.

Le mercredi suivant, Kendra dit au revoir à Dinah et à Graham. Le jeudi, elle accompagna Michel à l'aéroport. Elle le laissa à la porte qui menait à son avion et le serra une dernière fois dans ses bras.

— Merci encore pour votre hospitalité, insista le garçon. Un jour, tu viendras à Paris et je te rendrai la pareille, je te le promets.

Kendra fit oui de la tête.

— Un jour... Bientôt, tu veux dire ! s'exclama-t-elle.

Elle le regarda s'éloigner au milieu de la foule des passagers et lui fit un signe de la main. Il lui manquerait beaucoup, c'était certain. Mais, en même temps, elle était soulagée de le voir partir. Quand il serait en France, plus rien ne pourrait lui arriver. Du moins, c'était ce qu'elle espérait.

Le lendemain, c'est-à-dire le vendredi, Kendra alla à l'école de bonne heure. Elle avait déjà manqué deux cours la veille, alors elle devait les rattraper. Elle recopia les notes que lui avaient prêtées ses camarades, puis alla en classe de gym. La journée démarrait avec un cours d'aérobic. Avant de commencer, elle aimait faire quelques mouvements de yoga pour détendre ses articulations. Elle enfila donc sa tenue de sport et rangea ses vêtements dans son casier.

Comme elle déposait des livres sur l'étagère du haut, elle vérifia machinalement si le couteau suisse que Lauren lui avait offert était toujours dans sa petite boîte. Mais il ne s'y trouvait plus ! Elle tâtonna sur l'étagère et examina chaque recoin. En vain. Il avait disparu.

De rage, Kendra claqua la porte de son casier. A cet instant, sa tache de naissance se remit à la démanger.

Où le couteau suisse pouvait-il bien se trouver ?

Après le cours, Kendra traîna un peu. Elle voulait que sa prof la conseille au sujet de l'achat d'une cassette vidéo. Elles parlèrent plus longtemps que prévu. Lorsque Kendra quitta le gymnase, elle se dit qu'elle devait se dépêcher si elle ne voulait pas manquer le début du cours suivant.

Elle se précipita dans les vestiaires. Ils étaient vides. Les filles avaient déjà fini de se changer et avaient regagné le lycée. Kendra passa rapidement sous la douche. Puis elle s'essuya en hâte et enfila ses vêtements. Avant de refermer son casier, elle examina sa coiffure dans le petit miroir suspendu à l'intérieur de la porte.

Mais, contrairement à ce qu'elle croyait, elle n'était pas seule dans le vestiaire. Il y avait quelqu'un derrière elle.

Elle se retourna d'un bloc.

Ariane était debout dans l'encadrement de la porte qui menait aux lavabos. Et tenait dans sa main le couteau suisse que Lauren avait offert à Kendra.

— C'est ça que tu cherches ? murmura-t-elle.

Kendra ne l'écoutait pas. Elle regardait le couteau. La lame la plus longue était dépliée et brillait sous les néons livides du vestiaire.

18

Kendra ne savait pas quoi répondre. Elle n'osait plus bouger. Elle n'arrivait pas à détacher son regard de la jeune Française et du couteau qu'elle serrait dans sa main.

Ariane s'avança vers elle. La longue lame brillait, menaçante.

Elle va me tuer ! pensa Kendra.

Elle ouvrit la bouche pour appeler à l'aide, mais avant qu'elle n'ait pu dire quoi que ce soit, elle remarqua une chose bizarre. Ariane tremblait de la tête aux pieds. En fait, elle avait l'air malade. D'ailleurs, sa main tremblait tant qu'elle s'ouvrit subitement. Le couteau lui échappa et rebondit sur le sol avec un bruit sec.

Ariane fit encore quelques pas ; elle tituba et se mit à gémir faiblement. Puis ses yeux se révulsèrent et elle s'effondra.

Kendra s'agenouilla près d'elle. La jeune fille paraissait en état de choc. Elle ne remuait plus. Elle avait du mal à respirer. Pourquoi avait-elle voulu l'attaquer ?

Allez, ressaisis-toi ! s'ordonna Kendra. Elle ramassa le couteau, le fourra dans sa poche et courut chercher de l'aide.

Quand elle revint un peu plus tard avec la prof de gym, Ariane avait repris connaissance. Elle essayait de s'asseoir.

— Je crois que je me suis évanouie, dit-elle, d'une voix à peine audible.

Elle expliqua qu'elle s'était sentie prise de vertiges. Apparemment, elle ne s'était pas blessée en tombant.

— Laisse-moi t'examiner, proposa la prof.

Elle s'accroupit par terre et ausculta Ariane.

— Tu peux te lever ? demanda-t-elle ensuite.

— Oui, je pense.

La prof l'aida à se remettre debout et la fit asseoir sur un banc, le long du mur.

— Mets ta tête entre tes jambes, pour faire remonter le sang au cerveau. Je vais appeler l'infirmière.

Kendra attendit son retour avec Ariane, en silence. Elle avait l'impression que le couteau suisse pesait une tonne dans sa poche. Tout à coup, elle se souvint de ce que Michel lui avait dit, à propos des rumeurs concernant Ariane. Avait-elle vraiment été impliquée dans la mort du garçon ? Avait-elle réellement eu l'intention de poignarder Kendra ?

La jeune fille frissonna : c'était trop affreux ! Elle préférait ne pas connaître la vérité.

La prof revint avec l'infirmière qui examina soigneusement Ariane.

— Il vaudrait mieux que tu rentres chez toi, conseilla-t-elle. Il faut que tu te reposes un peu. Je vais appeler un taxi. Kendra, tu veux bien l'accompagner ?

— Oui...

— Je te ferai un mot pour ton prochain cours, continua l'infirmière, avant de quitter les vestiaires en compagnie de la prof de gym.

Kendra et Ariane se regardèrent, sans parler. Quelques minutes s'écoulèrent. Finalement Ariane déclara d'une voix mal assurée :

— Il était ouvert quand je suis entrée. Ton casier. Je croyais que tu avais oublié de le fermer. Je me suis approchée pour pousser la porte et j'ai vu la petite boîte sur l'étagère.

— Et tu l'as prise, évidemment... fit Kendra, froidement.

— Non, je voulais juste savoir ce qu'il y avait à l'intérieur. Par curiosité. Et puis j'ai vu ce que c'était. Mon père avait le même couteau quand j'étais petite, mais il ne voulait jamais que j'y touche, alors j'ai eu envie de le regarder de plus près. Je l'ai pris et je l'ai examiné. Mais tout à coup, je ne me suis pas sentie bien. Quand tu es arrivée, j'allais le replacer dans la boîte. Je n'avais pas l'intention de te faire du mal. Je t'assure, Kendra.

La jeune fille se contenta d'observer Ariane, muette.

— Je te jure ! insista la jeune Française.

Elle jeta un coup d'œil circulaire autour d'elle et poursuivit :

— Où est-il maintenant ? Je crois que je l'ai laissé tomber par terre. Tu l'as récupéré ?

— Oui, siffla Kendra. C'est moi qui l'ai. Mais dis-moi, Ariane, comment voulais-tu le remettre à sa place ? Mon casier était verrouillé quand je suis revenue de la douche.

— Je ne sais pas.

Il n'y a rien à en tirer, décidément, pensa Kendra. Ariane ne fait pas la différence entre la vérité et le mensonge !

— Et Michel ? Et le garçon qui est mort à Paris ? Tu ne leur voulais pas de mal, peut-être ?

Ariane regarda Kendra d'un air effrayé.

— Comment sais-tu cela ? demanda-t-elle d'une voix tremblante.

— Je t'ai posé une question ! insista Kendra.

La nièce de Graham ne répondit pas. Mais son silence en disait long. Kendra s'était demandé pendant des semaines si elle pouvait lui faire confiance. Maintenant, elle avait la réponse : Non !

Ariane se prit la tête à deux mains et se remit à trembler. Quand elle se redressa, elle avait le regard fixe et semblait terrorisée. Elle regarda Kendra comme si c'était la première fois de sa vie qu'elle la voyait.

L'infirmière revint les chercher et les conduisit jusqu'au taxi qui attendait déjà dans la cour. Ariane se tassa sur la banquette arrière, aussi loin que possible de Kendra.

Pendant le trajet, elle laissa tomber sa tête à la renverse sur le dossier du siège. Elle avait fermé les yeux, ses paupières tressaillaient nerveusement. Était-ce de la comédie ou était-elle réellement aussi malade qu'elle le paraissait ? Kendra tendit la main et la posa sur son front. Elle était inquiète de la voir se comporter ainsi. Mais Ariane poussa un cri et se rétracta.

— Ne me touche pas ! ordonna-t-elle.

Kendra fut choquée par le regard terrifié qu'elle lui lança. De quoi avait-elle donc peur ?

Elle grogna et murmura :

— Laisse-moi tranquille !

Le lycée avait déjà prévenu Mme Stravos. Quand le taxi

s'arrêta, elle les attendait sur les marches du perron. Elle aida Ariane à sortir et la soutint pour monter le petit escalier.

— Est-ce que je peux rester avec vous ? demanda Ariane à la gouvernante, à voix basse. Je veux dire, est-ce que je peux dormir au premier étage, avec vous ?

Elle jeta un coup d'œil épouvanté dans la direction de Kendra.

Cela n'échappa pas à Mme Stravos. Elle regarda les deux jeunes filles, essayant de comprendre ce qui avait pu se passer entre elles. Elle semblait soupçonner Kendra, mais elle ne savait pas encore de quoi...

— Je suis... je suis tellement fatiguée, ajouta Ariane. Le troisième étage, j'ai l'impression que c'est le bout du monde. Si je pouvais rester dans une des chambres d'amis, au premier, ce serait plus facile pour moi.

— Bien sûr, mon enfant, finit par dire Mme Stravos. Attends, je vais t'accompagner.

Elle passa un bras autour de la taille d'Ariane et l'aida à gravir lentement les marches.

Kendra suivit, perplexe. Ariane voulait-elle se retrouver près de Mme Stravos ou d'Anthony ? Ils occupaient deux chambres au premier étage, où se trouvaient également plusieurs pièces rarement utilisées. Ariane voulait peut-être qu'ils soient près d'elle pour la protéger... Mais de quoi ? De Kendra ? C'était absurde !

— Tu veux que j'aille te chercher quelque chose dans ta chambre ? demanda Kendra.

— Non, surtout pas ! répondit Ariane.

— Je m'en occupe, intervint Mme Stravos, sèchement. Tout va bien, maintenant. Elle est en sécurité ici. Tu peux retourner au lycée. Merci pour ton aide.

Elle lui lança un regard suspicieux et se détourna rapidement.

Parfait ! pensa Kendra. Ariane fait comme si j'avais essayé de lui faire du mal, et Mme Stravos pense que tout est ma faute !

Elle sortit et partit à la recherche d'un taxi. Elle attendait depuis plusieurs minutes au coin de la rue lorsque, tout à coup, couvrant le tintamarre de la circulation, elle entendit le rire de Rodolphe.

Comment ose-t-il se moquer ainsi ? s'indigna Kendra. Ariane est malade et ça l'amuse ?

Le rire s'amplifia, puis la voix déclara, d'un ton triomphant :

— J'ai gagné, Kendra ! Je suis le plus fort, vois-tu ! Bientôt, tu seras mienne !

Kendra sentit son sang se glacer. Que voulait-il dire par là ? Que s'était-il passé pour qu'il pense avoir gagné ? Est-ce que ça avait quelque chose à voir avec Ariane ?

Je ne suis pas responsable de ses actes, pensa Kendra. Et ce n'est pas ma faute non plus si elle est malade !

Mais une pensée abominable la frappa avec la brutalité d'une gifle. C'est peut-être à cause de mes pouvoirs ? Qu'est-ce que j'ai bien pu faire pour que Rodolphe imagine qu'il a gagné et que je serai à lui pour toujours ?

A présent Kendra se demandait ce qu'était le plus douloureux : qu'elle ait pu faire du mal à Ariane ou la brûlure que lui causait sa tache de naissance... ?

19

Le reste de la journée s'écoula très vite. Kendra s'était arrangée pour passer le week-end chez Hallie. Après les cours, elle se rendit chez elle prendre quelques affaires.

Avant de repartir, elle appela Mme Stravos à travers la porte de la cuisine :

— Je vais chez Hallie ce week-end. Je reviens dimanche, en fin d'après-midi !

— Au revoir ! marmonna la gouvernante.

Soudain, Kendra se sentit coupable à l'égard d'Ariane. Elle voulut demander de ses nouvelles, mais se ravisa. Mme Stravos lui avait clairement fait comprendre qu'elle n'avait pas besoin d'aide pour s'occuper de la jeune fille et que Kendra ferait mieux de se mêler de ses affaires...

En réalité, c'était l'attitude de la gouvernante qui culpabilisait Kendra.

Ariane serait certainement guérie d'ici ce soir et sortirait en boîte avec Anthony !

Kendra se précipita dehors, si rapidement qu'elle n'eut pas le temps de changer d'avis.

Si Kendra avait besoin d'une chose, c'était bien d'un week-end avec Hallie.

Le samedi, elles firent des courses et découvrirent une nouvelle boutique de vêtements complètement démente sur la 65e Rue. Le soir, elles rejoignirent Neil et un groupe de copains au San Andrea Fault, la dernière boîte à la mode dans l'East Village. On y passait de l'excellente musique. Le dimanche, les adolescentes firent la grasse matinée et, l'après-midi, elles emmenèrent Jordan, le petit frère d'Hallie, au cinéma. Puis Kendra rentra chez elle. Elle se sentait reposée et de bonne humeur, comme après une semaine entière de farniente au soleil.

Quand elle poussa la porte, la maison était parfaitement silencieuse. En montant l'escalier, elle jeta un coup d'œil à la grande chambre d'amis du premier, mais elle était fermée. Au troisième, elle examina la chambre de Lauren. Vide !

Kendra fronça les sourcils. Où était Ariane ? Était-elle sortie ou bien était-elle encore malade ? Ça l'inquiétait.

Elle retourna au rez-de-chaussée et tomba sur Mme Stravos, dans le hall d'entrée. La gouvernante portait un plateau.

— Comment va Ariane ? demanda Kendra.

— Elle a dormi tout le week-end, répondit la vieille femme.

— Il faudrait peut-être appeler un médecin, non ?

— Je le ferai si elle n'est pas rétablie demain. Elle doit avoir attrapé une sorte de grippe, déclara Mme Stravos. Mais je crois qu'il y a aussi autre chose, Kendra.

Elle lui lança un regard noir et poursuivit :

— Si tu me demandais mon avis, je te dirais qu'elle se sent seule et rejetée. Voilà ce que je pense!

Kendra écarquilla les yeux de surprise.

— Comment pouvez-vous affirmer cela? Elle fait fureur au lycée. Et Anthony passe tous ses moments libres avec elle. Il ne la lâche plus d'une semelle!

— Ce n'est pas d'Anthony que je veux parler. C'est de toi. Si tu avais été plus gentille avec elle, tout ça ne se serait probablement pas produit.

— Quoi? Mais je *suis* gentille avec elle! s'exclama Kendra.

Elle n'en croyait pas ses oreilles. Voilà qu'on l'accusait de ne pas être sympa avec Ariane! C'était le comble!

— Je l'ai présentée à tous mes amis. Je lui propose de venir chaque fois qu'on organise une sortie! Depuis qu'elle est arrivée, j'essaie de lui faire sentir qu'elle est un membre de la famille à part entière. Je me demande ce qu'elle souhaite de plus! Elle a peut-être une mauvaise grippe, mais...

Mme Stravos haussa les épaules et renifla nerveusement.

— Moi, je dis ce que je vois. Excuse-moi, mais il faut que je lui apporte à manger. J'espère qu'elle acceptera de se nourrir un peu. La pauvre n'a rien avalé depuis deux jours...

Kendra était abasourdie. Et vexée. Mme Stravos n'avait jamais été très chaleureuse avec elle — ni avec qui que ce soit, d'ailleurs — mais jusqu'à présent, elle semblait l'avoir adoptée. Qu'est-ce qu'Ariane avait bien pu lui raconter? Elle remplissait la tête de la gouvernante de mensonges ou quoi?

Le lundi matin, de bonne heure, Mme Stravos frappa à la porte de Kendra pour lui annoncer qu'Ariane n'irait pas en cours.

— Tu pourras prévenir le lycée? demanda-t-elle.

— Oui, bien sûr, répondit la jeune fille. Vous allez appeler un médecin?

— On verra, fit Mme Stravos d'un air vague.

Kendra fut distraite toute la journée. Elle avait du mal à se concentrer sur ses cours. Elle n'arrêtait pas de penser à Ariane ; en fait, elle se faisait du souci pour elle.

Après la classe, Neil voulut l'emmener dans un nouveau café qui venait d'ouvrir sur l'avenue, mais Kendra refusa poliment et se précipita à la maison.

Elle chercha Mme Stravos dans la cuisine. Vainement : tout était calme au premier. Anthony était sorti et la porte de la chambre d'amis était fermée, comme d'habitude.

Kendra frappa doucement. Elle ne reçut aucune réponse. Elle se pencha en avant et murmura :

— Ariane ?

Rien. Il n'y avait pas de bruit à l'intérieur. Elle posa la main sur la poignée de la porte mais la retira aussitôt. Quelqu'un montait.

— Ah ! Anthony ! C'est toi ! Tu m'as fait peur !

— Salut, Ken ! Qu'est-ce que tu fabriques là ? Tu viens voir si la Belle au bois dormant est réveillée ?

— Non, je m'inquiétais. Je voulais juste prendre de ses nouvelles, savoir si elle allait mieux.

— Je crois que ça va, mais elle a encore besoin de repos. En tout cas, c'est ce que Mme Stravos prétend. Ne t'en fais pas trop. Ariane paraît faible, comme ça, mais je peux te dire que c'est une dure à cuire ! Tiens, salut, Max !

Il se pencha et caressa le flanc de l'animal. Le chien était monté derrière Kendra. Il remuait la queue, comme s'il se sentait coupable, pourtant il était bien décidé à rester.

— Tu me snobes, hein ? fit Anthony. Remarque, je ne t'en veux pas. C'est vrai que Kendra est cent fois plus jolie que moi !

Il regagna sa chambre, à l'autre extrémité du couloir, et ajouta :

— Allez, à ce soir, au dîner !

Max. En remontant les escaliers, elle se rappela à quel point il avait souffert. Or, elle avait réussi à le sauver. Tout comme Neil et Michel. Peut-être que cette fois-ci elle y parviendrait encore. Peut-être...

Elle laissa tomber ses livres sur son bureau et ouvrit la

fenêtre. Un vent glacial s'engouffra dans la chambre. Bizarre ! Elle ne se souvenait pas qu'il faisait aussi froid dehors.

Elle se pencha à l'extérieur et regarda en direction du premier étage, vers la chambre d'amis. Il fallait qu'elle aide Ariane. Son état de santé commençait à devenir préoccupant.

Elle ferma les yeux et se concentra sur la jeune Française. Elle l'imagina en pleine forme, en train de sourire, radieuse. Toutes ses pensées étaient orientées vers un même but : sauver la jeune malade.

— Guéris, Ariane ! chuchota-t-elle. Tu es forte et tu es en pleine santé ! Il ne faut pas que la maladie l'emporte !

Néanmoins, malgré ses efforts, elle était en colère. Elle la revit en train de lui voler ses affaires, d'embrasser Rodolphe ou de la menacer d'un couteau... Ces sombres pensées perturbaient son esprit. Elle était incapable de s'en défaire.

Kendra essaya de s'éclaircir les idées. Cela ne servit à rien. Ses pouvoirs n'avaient plus aucun effet, elle s'en rendait bien compte.

Elle descendit en courant et se mit à frapper à la porte d'Ariane. Comme elle ne recevait aucune réponse, elle décida d'entrer.

La chambre était obscure, lugubre. Kendra ne parvenait pas à distinguer la petite forme recroquevillée sous les couvertures. Elle approcha de quelques pas. Puis elle vacilla et poussa un cri d'horreur.

20

Ariane était étendue sur son lit, d'une pâleur cadavérique. On aurait dit que ce n'était plus elle mais son fantôme. Ses mains étaient croisées sur sa poitrine. Son visage était luisant de sueur. Elle avait la bouche ouverte et respirait avec difficulté.

Sa vie ne tenait plus qu'à un fil.

Kendra ressentit une peur intense.

Puis une pensée terrifiante la frappa de plein fouet.

J'ai échoué. Je n'ai pas le pouvoir de sauver Ariane, quoi qu'en dise Rodolphe. Elle va mourir, et je ne pourrai rien faire.

Une demi-heure plus tard, elle rejoignit Anthony sur les marches du perron. Ils regardèrent l'ambulance emporter Ariane. Mme Stravos l'accompagnait et le Dr Sherman avait promis qu'il les accueillerait personnellement dès leur arrivée à l'hôpital. Kendra le connaissait depuis toujours. Il était leur médecin de famille. La jeune fille lui avait téléphoné, désespérée. Lorsqu'elle lui avait décrit les symptômes d'Ariane, il avait ordonné son transport immédiat à l'hôpital universitaire de Yorkville.

Anthony regarda les gyrophares disparaître au coin de la rue et se tourna vers Kendra.

— Je croyais qu'elle dormait, dit-il tristement. Quand je suis allé la voir, je n'ai pas voulu approcher. J'avais peur de la réveiller. Jamais je n'aurais cru qu'elle était malade à ce point-là !

Kendra mit son bras autour de sa taille. Il tremblait de la tête aux pieds.

— Tu crois qu'elle va s'en sortir ? demanda-t-il, terriblement inquiet.

Elle secoua la tête.

— Je ne sais pas, Anthony. Ça a l'air assez grave. Je vais appeler Graham et Dinah. Il faut qu'ils rentrent le plus vite possible. On a besoin d'eux.

Ils revinrent à la maison et se précipitèrent chacun sur son téléphone. Anthony essaya de joindre Graham, à Paris, et Kendra appela l'école de Lauren, en Suisse. Sa mère occupait une chambre réservée à la famille, sur le campus.

Anthony apprit que son père venait de quitter l'hôtel. Il alla retrouver Kendra dans sa chambre, lui montrant d'un signe de tête qu'il n'avait pas pu lui parler. Mais à ce moment-là, l'appel de Kendra aboutit.

— Ah, enfin ! s'exclama-t-elle. Il faudrait...

— Kendra ! Quelle bonne surprise ! l'interrompit Dinah. Je me doutais bien que tu allais t'ennuyer sans nous. Quel dommage ! Tu viens tout juste de rater Lauren ! Elle est partie avec des amies. Sais-tu qu'elle a rencontré de nombreuses filles très intéressantes ici, et notamment cette...

— Écoute-moi, je t'en supplie ! explosa Kendra, interrompant le flot de paroles de sa mère. Il faut que tu rentres à la maison. Tout de suite. Avec Graham.

— Mais pourquoi ? Graham doit arriver en Suisse dans quelques heures, et nous avons prévu de partir immédiatement pour...

— Ariane est souffrante. Il faut que vous reveniez tout de suite ! Elle est vraiment très malade.

— Oh, ce n'est certainement pas aussi grave que cela. Elle était en pleine forme quand nous l'avons quittée. Qu'est-ce qui lui arrive ?

— Je n'en sais rien. L'ambulance vient de l'emmener à l'hôpital et...

— L'ambulance ? L'hôpital ? Mais mon Dieu, Kendra, qu'est-ce qu'elle a ? Et qui a eu l'idée saugrenue de l'emmener à l'hôpital ?

— Le Dr Sherman. Je l'ai appelé parce qu'Ariane n'arrivait presque plus à respirer. Elle avait une mine épouvantable. Elle a été malade tout le week-end.

— Mais enfin, qu'est-ce qu'elle a ? Un rhume ? La grippe ? Si c'est aussi terrible que tu le dis, pourquoi ne m'as-tu pas téléphoné plus tôt ?

— Je ne sais pas. Elle s'est évanouie au lycée, vendredi. Je l'ai aidée à rentrer à la maison et ensuite je suis allée chez Hallie passer le week-end. Je ne l'ai plus revue jusqu'à tout à l'heure. Elle avait une tête si effrayante que j'ai immédiatement appelé le Dr Sherman.

Kendra avala sa salive avec difficulté et poursuivit d'une voix faible :

— Je crois qu'elle est en train de mourir...

— Quoi ? s'exclama Dinah. Mais il me semblait que tu avais parlé d'un mauvais rhume !

— Non, ça n'a rien à voir avec un rhume ! Et si le Dr Sherman a pris la décision de la faire hospitaliser, c'est que son état est assez grave. Écoute, il faut que tu rentres ! implora Kendra. Je t'en supplie !

Finalement, Dinah comprit le message.

— D'accord, ma chérie, je vais revenir. Mais calme-toi, maintenant.

— Toi et Graham, revenez tous les deux, insista Kendra.

— Bien entendu.

— Tu penses que tu pourras trouver un avion cet après-midi ?

Dinah poussa un soupir.

— Je l'ignore. Mais nous allons essayer, dès l'arrivée de Graham. Si tu nous appelles et que nous ne sommes plus là, ça signifiera que nous sommes sur le point de rentrer. Mais, écoute-moi, je ne veux pas que tu te rendes malade, d'accord ? Tu vas voir, Ariane va s'en sortir.

Des larmes inondèrent le visage de Kendra. Elle aurait tant aimé être aussi confiante en l'avenir que Dinah !

Après plusieurs heures de martyre, Kendra trouva enfin le sommeil. Elle était tellement épuisée qu'elle ne se rendit même pas compte qu'elle pleurait encore en s'endormant.

Max somnolait près du lit. Tout à coup, il gronda et releva sa grosse tête.

Des lumières tourbillonnaient dans un coin de la chambre. Des étincelles jaillissaient dans toutes les directions.

Le chien bondit sur ses pattes et huma l'air. Ses poils se hérissèrent le long de sa colonne vertébrale.

Le doux tintement d'un carillon de cristal emplit l'atmosphère.

Max jeta un coup d'œil à Kendra en gémissant, puis il quitta précipitamment la chambre et descendit jusqu'au rez-de-chaussée.

Les lumières tourbillonnaient de plus en plus vite et, brusquement, Rodolphe apparut.

— Ne pleure pas, Kendra, murmura-t-il. Je suis là.

La jeune fille se réveilla en sursaut. Elle se redressa dans son lit.

— Qu'est-ce qui t'arrive, mon amour? N'aie pas peur de moi! Je ne suis pas venu te faire du mal. Je t'aime, tu dois le savoir, depuis le temps que je te le répète. Pourquoi as-tu l'air si effrayée, et si triste?

— Ne faites pas l'ignorant! répondit-elle. Ariane est malade, et je ne peux rien pour elle.

Elle laissa retomber sa tête sur l'oreiller, désespérée.

— J'ai perdu tous mes pouvoirs. Ce don qui avait l'air tellement important à vos yeux, il a disparu! Vous m'aimiez quand vous pensiez que j'étais puissante. Eh bien, je ne le suis plus. Je suis redevenue comme tout le monde, voilà!

Rodolphe traversa la pièce et s'arrêta près d'elle. Il posa sa main sur son épaule et la caressa doucement. Puis il saisit ses doigts glacés et les pressa contre ses lèvres. Il embrassa tendrement la tache de naissance que Kendra avait sur la main.

— Tu seras toujours spéciale et je t'aimerai toujours.

Kendra sentit sa petite marque rose la démanger. Elle releva la tête et le regarda droit dans les yeux. Pourquoi ne la croyait-il pas?

— Mais... Ariane... commença-t-elle.

— Arrête de penser à Ariane. Pense plutôt à moi. A nous.

Sa voix était grave, intense, terriblement envoûtante.

— Viens dans mes bras!

Kendra se leva maladroitement et sentit ses bras musclés l'envelopper. Elle se laissa aller et releva son visage vers le sien, le souffle court, dans l'attente d'un baiser. Elle tremblait sous la puissance du sort qu'il lui avait jeté. Il la serra encore plus fort, comme s'il craignait qu'elle ne s'échappe. La douceur de son contact lui faisait perdre ses moyens.

— Tu m'aimes, n'est-ce pas, Kendra?

— Oui, murmura-t-elle.

— Veux-tu venir avec moi? Dis-moi que tu veux me suivre.

Elle était perplexe.

— Mais je n'ai plus les pouvoirs dont vous avez tant besoin. Je ne peux plus vous donner...

— Dis-moi oui, Kendra, c'est tout ce que je désire !

Son insistance la surprit. En l'espace d'une seconde, Kendra se remémora les derniers événements. Le sort était brisé.

Elle leva à nouveau la tête.

— Allez-vous sauver Ariane ?

— Non.

Kendra fut interloquée.

— Et pourquoi pas ? Elle est en train de mourir ! Je vous demande de l'aider. Je vous en supplie ! Vous devez la sortir de là !

Il la relâcha et se détourna un instant, afin qu'elle ne puisse lire l'expression de son visage. Était-il en train de changer d'avis ?

— Je ne peux pas, fit-il en se retournant vers elle.

— Dites plutôt que vous n'en avez pas envie ! siffla Kendra rageusement. Vous savez pourtant bien qu'elle va mourir.

— Non, pas forcément. Elle peut encore être sauvée. Mais pas par moi.

— Par qui, alors ? Je vous ai déjà expliqué que je ne pouvais rien faire. J'ai essayé, Rodolphe. Je n'ai plus aucun pouvoir.

Il haussa les épaules.

— Dites-moi ce qu'il faut faire ! hurla Kendra.

Elle était furieuse.

— Comment pouvez-vous laisser quelqu'un mourir, aussi calmement ? Comment pouvez-vous être si cruel ? Qui peut l'aider ? Comment ?

— Tu le découvriras par toi-même, Kendra.

— Espèce de monstre ! cria-t-elle encore.

Elle leva la main pour le gifler mais il esquiva le geste, et disparut dans un nuage d'étincelles.

Kendra alla se recoucher. Le rire moqueur de Rodolphe résonna dans la pièce, puis finit par s'estomper, et la chambre fut de nouveau plongée dans le silence.

Le rêve débuta par un brouillard blanchâtre. Des nuages de brume flottaient devant Kendra, l'aveuglant. Elle remuait les bras pour les disperser et se frayer un passage. Les nuages se séparèrent et elle put voir ce qu'ils cachaient.

Quelqu'un courait dans le noir. Dans un champ planté d'arbres. Une fille. Elle portait une robe blanche vaporeuse, et une couronne de feuillage sur la tête. Elle regarda derrière elle, effrayée, puis elle parvint à un endroit où des pierres dressées étaient enfoncées dans la terre. Un homme la poursuivait.

Rodolphe ! Mais qui pourchassait-il ?

Est-ce moi ? se demanda Kendra en grommelant dans son rêve.

Non, ce n'était pas elle. Et ce n'était pas un champ qu'elle voyait : c'était le vieux cimetière avec ses pierres tombales, au fond du jardin.

La fille n'était autre que Syrie ! Kendra la reconnut immédiatement, grâce à une photo qu'elle avait aperçue, peu de temps auparavant. D'ailleurs, elle l'aurait identifiée même sans ce cliché. Syrie courait dans la brume, et la peur déformait ses beaux traits. Syrie se hâtait. Elle criait : *Non, Rodolphe ! Non ! Je vous en supplie !*

Kendra en était persuadée depuis longtemps : Syrie aussi était une Sensible. Rodolphe avait-il envahi sa vie de la même façon qu'il s'était emparé de celle de Kendra. Lui avait-il également juré qu'elle était son seul amour ? Lui avait-il déclaré qu'elle serait sienne pour toujours, dans un autre monde ?

Une lumière fulgurante traversa la vision de Kendra. Le rêve se modifia brusquement.

Elle était maintenant dans un avion, un petit avion. Derrière les sièges du pilote et du copilote, il y avait seulement quatre fauteuils pour les passagers. Syrie était assise devant. A côté d'elle se trouvait une très belle femme. C'était sa mère, Helen. Le temps était clair. La visibilité était maximale, et l'avion se préparait à atterrir.

Soudain, une explosion de lumière bleue se produisit à

l'intérieur de la cabine. Personne ne la remarqua. Sauf Syrie. Elle se raidit sur son fauteuil.

Rodolphe surgit derrière elle. Il se pencha et murmura à son oreille :

— Tu es à moi, Syrie. Tu ne peux pas m'échapper. Viens avec moi. Maintenant !

Le train d'atterrissage de l'avion était déjà sorti. La mer brillait de mille feux à leur gauche. A droite, la falaise resplendissait. La piste d'atterrissage était en vue, juste en face.

Rodolphe étendit les bras pour enlacer Syrie.

Elle se retourna, et Kendra vit la panique inscrite sur son visage. Elle ressemblait à un animal traqué.

— Non ! Nooon ! hurla-t-elle.

Avant que quiconque puisse l'en empêcher, elle bondit par-dessus le siège du pilote et prit le contrôle de l'appareil. Elle poussa un hurlement suraigu, donna un violent coup sur le manche et le petit engin se mit à voler en direction de la falaise. A toute allure.

Il y eut un bruit assourdissant, suivi d'une explosion. La déflagration se répercuta dans l'air, à l'infini, tandis qu'un épais nuage de fumée noire se formait. Les fragments de l'avion retombèrent en gerbe, au pied de la falaise, telles des milliers de plumes incandescentes...

Kendra poussa un hurlement.

Elle s'assit dans son lit, trempée de sueur, haletant de terreur. Elle comprit qu'elle avait vu, en rêve, Syrie en train de s'échapper. La jeune fille avait choisi de mourir, plutôt que de suivre Rodolphe. Elle était tellement désespérée qu'elle avait préféré sacrifier sa mère et le pilote de l'appareil.

Pas étonnant qu'elle gémisse comme une âme en peine ! pensa Kendra. Pas étonnant qu'elle essaie de me lancer des avertissements ! Elle doit être bien placée pour savoir que Rodolphe est un être abject.

Syrie avait été incapable de sauver sa vie. Était-il déjà trop tard pour Kendra ?

21

Kendra s'habilla rapidement et quitta sa chambre. Si Rodolphe ne voulait pas lui dire comment sauver Ariane, Syrie serait peut-être capable de l'aider.

Elle descendit l'escalier sur la pointe des pieds et sortit sans bruit. Elle aurait été davantage en sécurité avec Max, mais elle ne savait pas où il était passé. Et elle n'avait pas le temps de le chercher.

Elle tremblait légèrement, cependant elle se dirigea vers le cimetière, au fond du jardin, pleine de détermination.

La nuit était sombre et froide. On n'apercevait aucune étoile dans ce ciel de mauvais augure. Des oiseaux de nuit à la recherche d'une proie lancèrent leur cri lugubre. Kendra avançait au milieu d'une brume épaisse qui tourbillonnait entre ses chevilles. Elle se hâta vers le cimetière.

Je me sentirai mieux quand je serai près de la sépulture de Syrie, pensa-t-elle.

Elle vit de la lumière sortir de la pierre tombale, bien avant de l'atteindre.

Le plainte gémissante de la jeune fille emplissait l'air. Soudain, Kendra eut une vision affreuse : de la terre fraîchement déplacée s'entassait près de la stèle de Syrie. Un trou béant s'ouvrait juste à côté. Une nouvelle tombe ! Kendra regarda, horrifiée, et son cœur se serra. Elle savait à qui elle était destinée...

Ariane ! Il est donc trop tard pour la sauver ! Elle doit être morte, à l'heure qu'il est !

La plainte s'intensifia.

Une pierre tombale était couchée en face du trou. Elle attendait que la fosse béante ait reçu son nouvel occupant. Un nom était déjà gravé dessus. Et Kendra le connaissait : Ariane Belloche.

Mais elle savait autre chose encore : la date de naissance d'Ariane et sa date de décès y seraient également inscrites. Ainsi, tout le monde verrait que la jeune Française était morte à l'âge de dix-sept ans.

Comme Syrie. Comme Patience Anne Tudor. Et comme de nombreuses autres femmes enterrées à cet endroit...

Ariane n'était qu'un trophée supplémentaire au tableau de chasse lourdement chargé de Rodolphe.

Kendra fit un pas en avant pour lire l'inscription gravée dans la pierre.

Mais soudain, le sol se déroba sous ses pieds. La jeune fille perdit l'équilibre et tomba à genoux. Puis elle commença à glisser, lentement... Elle avait l'impression qu'une main d'acier s'était refermée sur sa cheville et l'entraînait vers le bas. Elle hurla et essaya de trouver une prise à laquelle se raccrocher. Mais ses mains ne faisaient qu'entraîner davantage de terre au fond du trou.

Toujours plus bas... Elle semblait littéralement aspirée par la tombe ouverte. La terre froide s'accumulait autour d'elle, comblant la fosse.

Ce n'était pas la tombe d'Ariane. C'était sa tombe à elle !

Le sol se refermait lentement sur elle. Elle fit un effort surhumain pour continuer à respirer.

Rodolphe ! Peu importe ce qu'il lui avait promis. Kendra avait toujours su qu'il la tuerait si elle ne lui cédait pas. Mais jamais elle n'aurait imaginé qu'il la punirait de façon aussi impitoyable.

Il est trop tard, maintenant. Trop tard pour tout.

La terre humide s'amoncelait sur son corps, l'empaquetant comme une momie. Le froid la transperçait, tandis que le terrain s'effritait, lourd, de plus en plus lourd. Kendra sentit ses forces diminuer. Puis elle entendit le son faible, mais familier, du carillon de cristal.

Alors elle vit de petites lumières étincelantes danser dans la terre sombre. Elle avait envie de crier, de supplier Rodolphe de l'épargner. Mais elle n'arrivait pas à ouvrir la bouche.

Kendra aperçut enfin le beau visage de Rodolphe. Son regard croisa le sien, et elle entendit son rire moqueur, infernal.

— Si je ne peux pas t'avoir, Kendra, personne ne t'aura ! chuchota-t-il, triomphant.

Il avait gagné!

Kendra eut une dernière pensée: il était trop tard. Ariane allait mourir.

Et elle aussi...

22

— Kendra! Kendraaa!

La voix plaintive l'appela dans le noir.

C'était Syrie.

Il faut que je te voie, Syrie, pensa Kendra. Nous nous trouvons dorénavant au même endroit, toi et moi. J'arrive!

— Kendraaaa!

La jeune fille se débattit contre le poids qui l'oppressait. Elle poussait, déchirait le sol de ses ongles. Et doucement, lentement, elle réussit à se dégager de la terre sous laquelle elle était ensevelie. Lentement, vers...

La lumière!

Kendra ouvrit les yeux.

Elle était étendue par terre et observait la pelouse, au loin. Des lumières brillaient au-dessus de sa tête, telles des pierres précieuses.

Est-ce que c'est cela qu'on ressent, lorsqu'on est mort? se demanda-t-elle.

Elle passa craintivement ses mains sur son corps, afin de vérifier si elle n'était pas blessée. Puis elle s'assit et regarda autour d'elle, hébétée.

Elle se trouvait à côté de la tombe de Syrie. Et elle n'apercevait plus le trou fraîchement creusé. Le tas de terre ainsi que la stèle avaient disparu. Elle n'avait jamais été enterrée vivante!

Kendra était abasourdie. Tout cela n'avait été qu'une illusion, créée de toutes pièces par Rodolphe. Une vision atroce, qui lui avait pourtant paru terriblement réaliste! Elle s'était rendue dans le cimetière en espérant trouver de l'aide auprès de Syrie et elle était tombée dans le piège de Rodolphe. Il lui avait joué un de ses tours de sorcellerie. Il avait voulu l'empêcher d'approcher Syrie.

Mais Ariane, alors ? Sa maladie n'était pas une illusion. Elle était en train de mourir. Et Rodolphe refusait de la sauver.

Il faut que j'essaie à nouveau, songea Kendra. Si Rodolphe ne veut rien faire pour elle, je suis sa dernière chance.

Tout à coup, une forme sombre se découpa devant les arbres. Kendra releva la tête, encore tout étonnée.

Rodolphe était debout devant elle. Il riait. Il avait lu dans ses pensées.

— Comment veux-tu sauver Ariane, toi qui la hais ? demanda-t-il. Tu l'as accusée d'être la cause de tes problèmes. Tu as clairement dit que tu ne l'aimais pas. Désires-tu vraiment qu'elle vive ?

Kendra bondit sur ses pieds.

— Oui ! s'exclama-t-elle.

— Alors obéis-moi. C'est la seule façon d'épargner sa vie.

— Oui. Dites-moi seulement ce qu'il faut que je fasse.

— Tu dois venir avec moi. Aujourd'hui même. Tu dois me promettre que tu seras mienne pour l'éternité.

— Non ! souffla Kendra. C'est impossible ! Je ne serai jamais à vous. Jamais !

— Tu es obligée de choisir, Kendra. Soit tu m'accompagnes aujourd'hui, soit Ariane meurt. Et d'autres suivront.

D'autres ? Qui d'autre était en danger ? s'interrogea Kendra. Soudain, le visage innocent de Lauren surgit devant ses yeux. Elle regarda Rodolphe. Un sourire se dessina lentement aux coins de ses lèvres.

— Que faut-il que j'accomplisse, Rodolphe ? Je ferai ce que vous voulez, mais vous devez m'assurer qu'Ariane ne mourra pas et que personne d'autre ne souffrira.

— D'abord, tu dois me faire une promesse, Kendra. M'accompagneras-tu ?

— Oui, répondit-elle, des larmes de désespoir inondant son visage. Si vous tenez parole et si tout le monde est épargné, je vous suivrai.

— Tu me le promets ?

— Oui, je vous le promets, Rodolphe, déclara Kendra, d'un air solennel.

Il hocha la tête, satisfait.

— Bon. Tu peux partir retrouver Ariane, maintenant. Et tu peux lui rendre la santé. Ensuite, je viendrai te chercher.

— Je... Je ne comprends pas... balbutia Kendra.

— Toi seule peux la sauver. Moi, j'en suis incapable. Ce sont tes pouvoirs qui l'ont rendue malade. Tu l'as fait souffrir parce que tu étais jalouse et en colère contre elle. Quand tu as essayé de l'aider, tu étais encore trop furieuse pour parvenir à un résultat. Ta colère était plus forte que ton inquiétude à son sujet. Maintenant que tu ne lui en veux plus, tu es capable de la guérir.

Frappée de stupeur, Kendra réalisa l'horrible vérité. Tout ce qui était arrivé jusqu'à présent était la faute de Rodolphe ! Elle le comprenait enfin. Elle n'avait jamais eu aucune raison de craindre ou de détester Ariane. C'était Rodolphe qui l'avait incitée à la soupçonner, à tort. Il s'était servi d'Ariane comme d'un pion dans son jeu sordide. Les affaires disparues, les doutes, la jalousie, l'accident de Michel : tout ce que Kendra avait reproché à Ariane était l'œuvre de Rodolphe.

Même le sentiment d'impuissance que la jeune fille avait ressenti, la première fois qu'elle avait essayé de sauver Ariane, avait été une illusion ! Car si Kendra était vraiment une Sensible, Rodolphe ne pouvait pas lui confisquer ses pouvoirs !

— Vous ne m'aurez jamais ! s'exclama-t-elle. Je sais ce que vous avez fait. Vous m'avez jeté un sort, pour que je soupçonne Ariane de me vouloir du mal. Pourquoi ?

— Cela n'a plus d'importance maintenant, Kendra. Tu vas la sauver puis partir avec moi. Alors ne pense plus à ces choses.

Kendra le foudroya du regard.
— Vous voulez dire que la vie d'Ariane n'a aucune importance non plus ? Comment osez-vous ? Quelle sorte de monstre êtes-vous ?
— Kendra ! Est-ce de cette manière qu'on parle à l'homme de ses rêves ?
Il s'approcha d'elle et tendit les bras en murmurant :
— Viens contre moi, Kendra. Laisse-moi t'embrasser...
L'espace d'un instant, la jeune fille oublia tout.
Il est tellement beau, pensa-t-elle. Une vision...
— De mort !
Les mots avaient été portés par une petite brise. Kendra cligna des yeux. Syrie lui envoyait un nouvel avertissement.
Elle bondit en arrière, afin de s'écarter le plus possible de Rodolphe.
— Vous êtes un monstre ! Je vous empêcherai de nuire ! Jamais je ne vous suivrai !
La voix de Kendra était très puissante, tout à coup.
Il lui saisit le bras.
— Trop tard ! Tu as promis.
— Non, vous m'avez encore joué un de vos sales tours ! Vous avez utilisé Ariane pour m'atteindre. Mais je ne vous laisserai pas faire. Je me battrai jusqu'au bout !
Rodolphe grimaça un sourire. Ses dents blanches étincelèrent dans la nuit.
— Tu crois réellement que tu peux me vaincre ?
Il l'attira violemment à lui.
— Laisse-moi te montrer ce qu'est le vrai pouvoir. Tu ne me résisteras pas, tu verras. Tu n'en es pas capable !
Il se pencha pour l'embrasser.
— Non ! hurla Kendra en le repoussant avec une telle force qu'il la lâcha et tituba en arrière.
Mais il reprit rapidement ses esprits et s'approcha de nouveau d'elle.
— Ne me touchez pas ! gronda Kendra.
Elle le foudroya du regard. Elle sentait l'énergie flamber dans ses yeux.

— Vous ne m'aurez pas, Rodolphe ! Jamais !

Il poussa un cri strident qui la surprit.

Rodolphe tenait sa main. Du sang suintait de sa paume.

Kendra recula de quelques pas. Était-ce elle qui avait fait cela ?

Elle fit volte-face et courut droit devant elle.

— N'oublie pas ce que tu as promis ! lança-t-il.

Sans se retourner, Kendra quitta le cimetière, traversa la pelouse et rentra à la maison. Il fallait qu'elle aille auprès d'Ariane, le plus rapidement possible.

23

Kendra monta à l'étage en courant à perdre haleine. Elle attrapa son sac à main et redescendit l'escalier aussi vite qu'elle l'avait gravi. En ouvrant la porte, elle vit un taxi dans l'allée. Graham était en train d'enlever les valises du coffre, tandis que Dinah payait le chauffeur.

— Ah, vous voilà enfin ! s'écria Kendra en se précipitant vers eux. Dépêchez-vous, nous devons aller à l'hôpital tout de suite. Ariane va très mal.

— Une seconde ! Nous allons d'abord mettre nos affaires à l'abri et nous rafraîchir un peu. Ensuite nous irons voir Ariane, fit Dinah calmement en s'approchant de sa fille. On en a à peine pour quelques minutes, je te promets.

Mais Kendra paraissait vraiment pressée.

— Non ! s'écria-t-elle. On n'a pas le temps. Il faut partir tout de suite !

— Graham et moi serons prêts dans un instant, chérie, répéta Dinah, imperturbable.

Graham. Kendra reçut ce nom comme une gifle. Toutes ses peurs ressurgirent. Elle n'avait aucune confiance en lui. Il fallait qu'elle arrive à l'hôpital avant lui. Avant que Rodolphe n'ait le temps de lui ordonner de blesser Ariane ou d'aggraver sa maladie.

Kendra saisit la poignée de la portière.

— Bon, d'accord, on se rejoint là-bas ! lança-t-elle.

Puis elle bondit à l'intérieur du véhicule. Elle donna l'adresse au chauffeur et le supplia d'aller vite.

L'hôpital universitaire de Yorkville était un immense complexe médical. Kendra poussa un grand nombre de portes avant de se retrouver dans le hall d'entrée du bâtiment principal. Les employées du bureau d'accueil étaient toutes au téléphone. Kendra attendit, sautant d'un pied sur l'autre, que l'une d'elles se libère pour la renseigner.

— Que puis-je pour vous, mademoiselle ?

— Belloche ? demanda Kendra. Ariane Belloche ?

La femme examina l'écran de son ordinateur,

— Chambre 513.

— Merci ! lâcha Kendra avant de partir en courant.

— Hé, attendez un instant ! s'écria l'hôtesse. Les visiteurs ne sont pas admis dans ce secteur !

Mais Kendra était déjà loin.

Lorsqu'elle passa devant la salle d'attente, elle aperçut Anthony. Il se tenait la tête à deux mains et paraissait très malheureux. Il ne la vit pas.

L'ascenseur s'arrêta à chaque étage, laissant chaque fois s'échapper des visiteurs chargés de fleurs. Kendra priait pour ne pas arriver trop tard. Elle espérait également que Rodolphe ne serait pas là avant elle. Au cinquième, l'ascenseur la libéra enfin.

Le couloir était faiblement éclairé et très calme. Le seul mouvement perceptible était celui d'une aide-soignante poussant un chariot.

A quelques mètres, Kendra repéra une grande salle, destinée au personnel de soins. Trois infirmières étaient installées à un bureau circulaire. Elles étaient tellement concentrées sur leur travail qu'elles n'avaient pas entendu l'ascenseur. Une douzaine d'ordinateurs clignotaient et bipaient. Ils étaient reliés à l'équipement médical électronique qui assistait les patients dans leur chambre. Aucun doute, cet étage était réservé aux malades les plus gravement atteints !

Kendra lut le numéro qui figurait sur la porte la plus proche. 501. La chambre d'Ariane devait donc se trouver à l'autre extrémité du couloir. Comment Kendra allait-elle faire pour passer devant la salle des infirmières sans qu'on la remarque? Elle sentit la panique l'envahir. Il fallait qu'elle se décide, et vite!

Soudain, un des moniteurs du bureau émit un son strident. Des lampes clignotèrent sur l'écran. Le bruit et la lumière électrifièrent littéralement les trois infirmières, qui bondirent sur leurs pieds, prêtes à l'action. Elles attrapèrent le matériel des premiers secours et se précipitèrent dans le couloir... droit sur Kendra!

Mais, à son grand soulagement, elles ne lui prêtèrent aucune attention. Elles étaient bien trop absorbées par leur tâche. Elles continuèrent leur course, s'arrêtèrent un peu plus loin, puis poussèrent une porte.

La jeune fille avait encore une chance.

Elle se précipita en avant, dépassa la salle, vide maintenant, des infirmières de garde, et pénétra dans la chambre 513. Elle referma prestement la porte derrière elle, le souffle court. Elle dut s'arrêter quelques secondes, le temps que ses yeux s'habituent au faible éclairage.

Elle s'appuya sur la porte et étudia la scène étrange qu'elle avait sous les yeux. Elle avait l'impression de se trouver au beau milieu du tournage d'un film de science-fiction.

Ariane était étendue sur son lit d'hôpital, complètement immobile. Des tubes et des câbles reliés à un équipement médical extrêmement sophistiqué sortaient de sous ses couvertures. Des lignes vertes zigzaguaient sur un moniteur. Des perfusions coulaient, goutte à goutte, dans ses veines. Le bruit rythmé des machines ressemblait à une respiration bruyante.

Kendra s'approcha de la petite silhouette qui gisait dans le lit.

Ariane avait les yeux fermés et le teint cireux. Ses couvertures bougeaient à peine lorsqu'elle prenait une rapide inspiration en haletant.

Kendra se pencha vers elle :

— Ariane ? murmura-t-elle.

Aucune réponse.

— Ariane, je t'en supplie, écoute-moi ! Je n'ai jamais voulu te faire de mal ! J'avais tort de te soupçonner ! J'étais jalouse. Je t'en prie, il faut que tu me pardonnes. Je veux que tu guérisses !

Elle saisit la main molle de la jeune fille. Ses doigts étaient glacés. Kendra serra cette main de toutes ses forces entre les siennes. Mais elle n'obtint aucune réponse.

Le cœur de Kendra se serra. Elle lâcha la main gelée. Ce n'était pas comme ça qu'elle aiderait la pauvre fille ! Lentement, Ariane était en train de quitter la vie. Elle allait mourir malgré tous ses efforts !

Kendra était désespérée. Elle se dit soudain qu'Ariane avait dû ressentir la même chose, quand Kendra l'avait accusée d'avoir tué ce garçon à Paris. Mais elle savait maintenant que la jeune Française n'y était absolument pour rien. C'était Rodolphe qui l'avait poussée à porter ses soupçons sur elle. Quelle cruauté !

Un rire moqueur flotta dans l'air. Kendra sentit l'haleine de Rodolphe près de son oreille. Il lui murmurait :

— Je t'attends, Kendra ! Il ne te reste plus beaucoup de temps. Si tu veux aider Ariane, tu ferais bien de te dépêcher ! Bientôt, très bientôt, je viendrai te chercher !

Elle se retourna pour lui faire face.

Il n'y avait personne !

Elle sut qu'elle était de nouveau seule dans la pièce. Seule avec Ariane. Rodolphe était venu la tester, lui rappeler qu'il avait tout pouvoir sur elle. Mais elle aussi avait un don surnaturel ! Elle en était convaincue, à présent !

Son sentiment de désespoir et d'impuissance la quitta soudain. Elle ferma les yeux et sentit son énergie décupler.

— Je ne le laisserai pas gagner !

Elle se tourna vers le lit.

— Ariane ? Écoute-moi. Je suis venue pour te porter secours.

A sa grande surprise, un murmure grave sortit de sous

les couvertures. Et quelque chose bougea. Ariane leva légèrement la main.

Kendra la saisit et la pressa contre sa poitrine.

— Ne meurs pas, Ariane ! chuchota-t-elle d'une voix pressante. Prends ma force dans ton corps ! C'est la seule façon de guérir. Sens la vie revenir en toi ! Regarde, tu es de plus en plus forte ! Tu te sens déjà mieux !

Elle continua de supplier la petite silhouette qui gisait au milieu du lit.

— Je sais bien que Rodolphe est le seul coupable ! Tu n'y es pour rien ! Chaque fois que je t'ai accusée, je me suis trompée ! Il t'utilisait comme un pion. Je m'en rends compte maintenant. Je ne te déteste pas, Ariane ! Je te le promets. Tu dois vivre et redevenir aussi forte qu'avant ! Je t'en supplie !

Elle tenait toujours la main inerte dans la sienne et elle sentait son énergie passer de son corps à celui d'Ariane. Elle ferma les yeux et continua de lui parler doucement.

Kendra ne se rendit pas compte du temps qui s'écoulait.

Lentement, ses craintes se dissipèrent. Un grand calme l'envahit. Elle respirait profondément, paisiblement. Un sourire se dessinait sur son visage.

— Oooohhhh !

Un long soupir sortit du lit.

Kendra baissa la tête.

Ariane avait ouvert les yeux. Elle la regardait. Elle avait, elle aussi, esquissé un sourire. Elle fit un petit signe de tête et pressa faiblement la main de Kendra.

J'ai réussi ! Enfin ! Elle va survivre ! Je l'ai sauvée !

Et maintenant, je vais détruire Rodolphe.

Quelques minutes plus tard, elle sortit de la chambre, épuisée. Ariane ne pouvait pas encore parler, pourtant Kendra avait la certitude qu'elle était guérie, qu'il n'y avait plus rien à redouter. Son visage avait même repris des couleurs.

Je vais me reposer un peu, pensa Kendra. Ensuite, je m'occuperai de Rodolphe !

— Hé ! Qu'est-ce que vous fabriquez là ?

Le cri lui parvint de l'autre bout du couloir. Une infirmière de garde l'avait repérée. Elle parlait à un homme, debout devant le bureau, lorsqu'elle avait vu Kendra sortir de la chambre d'Ariane. Elle était furieuse.

— Vous n'êtes pas autorisée à entrer ici ! Vous n'avez pas lu les panneaux ? s'écria-t-elle en se dirigeant vers Kendra.

L'homme à qui elle parlait se retourna lentement.

C'était Graham !

Il semblait très en colère. Lui aussi fit mine de s'approcher.

Kendra sentit son estomac se nouer. Graham était-il venu achever ce que Rodolphe avait commencé ?

24

— Je vous préviens, s'il arrive quoi que ce soit à ma patiente... ! annonça l'infirmière en passant devant Kendra.

Et elle continua son chemin, afin de se rendre dans la chambre d'Ariane.

Kendra s'écarta et se retrouva nez à nez avec son beau-père. Elle se posta devant lui, bloquant le passage.

— S'il te plaît, Kendra ! Laisse-moi passer. Il faut que je voie Ariane !

— Pourquoi ? Qu'est-ce que vous voulez lui faire ? demanda Kendra, méfiante.

— Mais c'est ma nièce, enfin ! Sa santé me préoccupe tout autant que toi !

Il fit un pas en avant, mais Kendra secoua la tête.

— C'est lui qui vous envoie ! Je le sais ! Vous êtes là pour exécuter ses ordres ! Vous allez la tuer ! Mais je vous en empêcherai, vous m'entendez ?

— Kendra ! s'exclama Graham, choqué. Tu ne sais plus ce que tu dis !

— Au contraire ! répliqua-t-elle du tac au tac. Je vous ai entendus comploter, Rodolphe et vous, dans l'abri de jardin ! Comment pouvez-vous aider un être aussi malfaisant ?

— Rodolphe ? Alors tu es au courant ?

Les traits de l'homme se crispèrent.

— Je vous ai entendus. Et j'ai compris que vous étiez aussi mauvais que lui.

— Non, écoute-moi, Kendra ! supplia-t-il.

Il avait l'air ébranlé. Il leva les mains et avança encore d'un pas.

Mais Kendra réagit aussitôt. Sans réfléchir, elle tendit les bras et le poussa. Il perdit l'équilibre et elle passa devant lui, avant de se mettre à courir le long du couloir.

Il était hors de question d'attendre l'ascenseur. Elle repéra la sortie de secours et enfonça d'un coup d'épaule la porte qui céda avec un grand bruit métallique. Kendra se précipita dans la cage d'escalier. Elle s'accrocha à la rampe et descendit les marches deux à deux. A chaque palier, elle sentait une énergie incroyable parcourir son corps entier.

Au troisième étage, elle entendit la porte s'ouvrir, au-dessus d'elle.

— Kendra ! Attends ! Tu n'as rien compris !

La voix de Graham résonna, lugubre, dans l'escalier.

Mais elle ne s'arrêta pas. Elle avait l'impression de voler.

En arrivant au rez-de-chaussée, elle hésita un instant. La porte ouvrait probablement sur la salle d'attente, et elle n'avait pas envie de se retrouver nez à nez avec Anthony. Ce n'était pas le moment ! D'ailleurs, il essaierait peut-être de l'arrêter... et elle ne voulait pas le voir avant d'avoir tout expliqué à Dinah. Elle devait la prévenir à propos de Graham et du danger qu'ils couraient tous...

Kendra entendit les pas de son beau-père, quelques étages plus haut.

Prends une décision ! Fais quelque chose ! Vite !

— Kendra ! appela Graham.

Il se rapprochait à toute vitesse. Il allait bientôt la rattraper !

Elle ne pouvait se permettre de perdre une minute de plus. Elle dépassa la porte du rez-de-chaussée et continua sa descente. L'escalier devenait de plus en plus sombre.

Soudain, elle fut obligée de s'arrêter : elle avait atteint la dernière marche. Elle plaqua ses mains contre le mur pour reprendre haleine. Elle regarda autour d'elle et tendit l'oreille. Graham n'était plus là ! Il avait dû sortir par la porte de la salle d'attente et devait être occupé à la chercher au rez-de-chaussée.

Mais sa cachette n'était pas très bonne. Si Graham revenait dans l'escalier, il la repérerait immédiatement ; il lui suffirait de baisser la tête. Il fallait qu'elle trouve un autre endroit !

Sur la porte, face à elle, un panneau indiquait *Second sous-sol. Aile A.*

Second sous-sol ? Ça n'avait pas l'air très joyeux par ici ! On entendait une espèce de grondement, de l'autre côté de la porte, comme si une énorme bête était en train de respirer.

Kendra perçut alors du bruit dans l'escalier. Essayait-on d'ouvrir, à l'étage ?

Elle posa la main sur la poignée et la tourna. Elle s'avança à l'intérieur, en prenant soin de refermer la porte derrière elle.

Un bruit violent l'assaillit.

Elle se trouvait en dessous du rez-de-chaussée, sous le bâtiment principal de l'hôpital.

Il faisait sombre. Les murs de ciment brut dégageaient une odeur rance et humide. Le vacarme assourdissant provenait d'une énorme machine qui remplissait la pièce entière.

De la vapeur s'échappa d'une valve d'écoulement, créant un nuage de brume autour d'elle. La jeune fille eut la sensation d'avoir pénétré dans un autre monde.

C'est ici que se trouvaient les forces vives de l'hôpital, les machines qui commandaient la vie aux étages supérieurs. A travers la vapeur, elle distingua des générateurs géants, des chauffe-eau monstrueux, des tubes et des câbles qui se lovaient dans des circuits électroniques compliqués, tout un système qui permettait au complexe hospitalier de fonctionner.

Elle était trop abasourdie pour bouger. Dans la faible lumière, elle voyait des fils électriques courir le long des murs. Des ombres projetées par les appareils tremblaient au-dessus de sa tête et sur le sol. Elle avait l'impression qu'on l'avait repérée, qu'on se rapprochait d'elle. Du plafond descendait un enchevêtrement de tubes. Et tout autour de la salle, s'alignaient des portes qui menaient sans doute à des couloirs desservant les autres parties de cet univers souterrain.

Kendra prit une profonde inspiration et avança prudemment.

— Kendra ?

La porte s'était ouverte brutalement. Une voix, en partie couverte par le bruit des machines, répéta son nom.

Graham ! Il l'avait suivie jusqu'ici !

Elle se cacha derrière un immense générateur.

Elle leva la tête et vit une ombre impressionnante se découper sur le mur le plus proche. Elle s'immobilisa, pétrifiée, avant de réaliser que cette ombre était la sienne ! Et si elle était capable de la voir, Graham avait dû la repérer aussi !

— Je sais que tu es là, Kendra. Montre-toi, s'il te plaît ! Je veux te parler.

Kendra ignora ses paroles et recula de plusieurs pas. Elle essaya de se glisser entre le gros générateur et le chauffe-eau. Elle resta là quelques instants, malgré la chaleur infernale.

— N'aie pas peur, Kendra ! Je ne suis pas venu pour te faire du mal ! Sors, s'il te plaît !

Elle hésita un moment, elle tremblait de la tête aux pieds. Puis une voix dans son esprit lui rappela : *Graham ne peut rien contre toi. Tu es cent fois plus forte que lui !*

Kendra sortit de sa cachette et lui fit face. C'est alors qu'elle entendit un son qui lui glaça le sang.

— Ha-ha-ha-ha-haaaah !

C'était le rire sauvage et moqueur de Rodolphe. Il était tellement puissant qu'il couvrait le bruit des machines sans aucune difficulté.

Rodolphe était donc également tapi dans le sous-sol !

Graham se trouvait en face d'elle. Rodolphe derrière.

Kendra était prise au piège, entre les deux hommes.

25

Elle resta clouée sur place. Le rire de Rodolphe continuait de résonner dans son esprit, tandis que Graham s'approchait à pas de loup. Elle vit son ombre dans la vapeur des machines, elle grandissait et tremblait contre le mur. Elle ne fit aucun mouvement avant qu'il ne l'atteigne.

Des gouttelettes de sueur inondaient le visage de son beau-père. On avait l'impression qu'il avait du mal à respirer.

— Arrêtez ! cria-t-elle. Pas un pas de plus !

— Kendra ! Écoute-moi, je t'en supplie. Fais-moi confiance ! Il faut que je t'explique...

— Comment Rodolphe et vous avez planifié ma mort, c'est ça ? Ma mort et celle de tous les gens qui me sont proches ?

— Non ! Je n'ai jamais voulu faire de mal à personne, surtout pas à toi !

— Je ne vous crois pas ! hurla Kendra, la colère battant sourdement à ses oreilles.

— Mais dis-lui la vérité, Rodolphe ! s'écria Graham. Pour l'amour de Dieu, dis-la-lui !

Kendra se retourna d'un coup.

Rodolphe était juste derrière elle, il riait à gorge déployée.

— Quels bouffons vous faites, tous les deux ! se moqua-t-il. Kendra, comment as-tu pu croire que ce pantin misérable avait un semblant de pouvoir ? Tu ne vois donc pas que c'est moi qui ai provoqué tout ce qui est arrivé ? Lui ne fait que ce que je lui ordonne ! Il n'a pas le choix, de toute manière !

— C'est vrai, Kendra ! s'écria Graham d'un air implorant. Rodolphe contrôle nos vies à tous. C'est lui qui hante la maison où nous habitons. Il est à l'origine de tout ce qui s'y passe. Tu n'imagines quand même pas que je l'ai laissé faire du mal à Syrie et à Helen de gaieté de cœur ? Que je l'ai laissé mettre Ariane en danger de mort ? Je l'ai invitée ici pour la sortir de ses soucis, pas pour lui en causer de nouveaux ! Si j'avais pu faire quoi que ce soit pour arrêter Rodolphe, crois-moi, je n'aurais pas hésité. Je préférerais mourir plutôt que de voir encore quelqu'un souffrir !

Kendra observait les deux hommes tour à tour. Elle resta perplexe une seconde. Puis elle comprit : Graham avouait sans doute la vérité, mais elle ne pouvait lui faire confiance. Rodolphe lui avait jeté un sort et il était assez puissant pour lui ordonner de faire ou de dire n'importe quoi. En fait, Graham était aussi dangereux que Rodolphe, même s'il n'avait aucun pouvoir !

Kendra fixa Rodolphe. Des étincelles jaillissaient de ses yeux ardents. Il marcha vers elle. Autour d'eux, les machines vrombissaient, libérant dans l'air des serpents de vapeur.

— Es-tu prête à venir avec moi, Kendra ? Tu n'as plus le choix maintenant. Tu m'as donné ta parole et je suis venu te faire respecter ton engagement !

— Non ! Vous m'avez piégée pour obtenir ma parole. Je n'ai pas à respecter un tel pacte !

— Oh, que si !

Rodolphe s'approcha lentement. Son visage semblait calme et déterminé.

— Souviens-toi, Kendra. Je suis ton destin, et tu es le mien !

Il tendit les bras pour la saisir.

La jeune fille entendit alors un rugissement derrière elle.

— Nooon !

Elle fit volte-face.

Graham hurlait sa rage. Il était rouge de colère et les veines de son cou saillaient. Il se précipita les mains en avant, telles des serres d'oiseau de proie.

— Non, tu ne la prendras pas ! hurla-t-il en passant devant Kendra. Je n'ai pas pu t'empêcher de tuer ma petite Syrie mais tu n'auras pas Kendra !

Il bondit sur Rodolphe. Ses mains se portèrent à sa gorge.

— Graham ! Arrêtez ! s'écria Kendra. Il va vous tuer !

Mais il était trop tard. Il était déjà en train de l'étrangler.

Des étincelles jaillirent de la peau nue de Rodolphe. Il repoussa Graham avec un rire méchant, comme s'il s'agissait d'une vulgaire mouche. Puis il le plaqua au sol et posa un pied sur sa poitrine.

Un rayon de lumière bleu électrique sortit des yeux de Rodolphe. Telle une épée d'énergie pure, il grésilla, transperçant le corps de Graham de part en part.

L'homme poussa un long hurlement strident. Son corps, agité de soubresauts, se recroquevilla de douleur.

Après ce qui parut une éternité, il eut un dernier sursaut, un frisson convulsif, et s'immobilisa.

Kendra le fixait, horrifiée.

— Vous l'avez tué ! hurla-t-elle.

Elle était tellement choquée qu'elle ne pouvait plus regarder Rodolphe en face. Elle restait là, les yeux rivés sur le corps sans vie de Graham.

Pourtant le visage de l'homme était serein. Il n'avait pas cette expression de souffrance qu'elle s'attendait à voir après une mort aussi atroce. Ni l'horreur ni l'angoisse ne marquaient son visage. Il reposait en paix.

Soudain, Kendra réalisa avec effroi que Graham s'était sacrifié pour elle. Il avait probablement voulu réparer la faute qu'il pensait avoir commise en n'ayant pas su protéger Syrie. Il n'avait pas été faible, alors, il avait surtout été démuni face au monstre ! Et voilà qu'à cause de Kendra il avait perdu la vie !

— Comment avez-vous osé ? s'écria-t-elle.

Elle tomba à genoux. Des sanglots agitaient tout son

corps. Soudain, elle se sentit vidée, exténuée. Elle se recroquevilla sur le sol en voyant Rodolphe approcher.

— Ma patience a des limites, Kendra !

Sa voix résonnait par-dessus le bruit assourdissant des machines.

— Tu dois venir avec moi ! Maintenant !

26

Les mains dorées de Rodolphe se tendirent vers Kendra. Elle avait le cœur brisé, mais une vague de désir la submergea. Combien de fois avait-elle souhaité qu'il l'enlace dans ses bras puissants ? Combien de fois avait-elle attendu qu'il l'embrasse passionnément ? Elle n'avait jamais connu de sentiment aussi violent et désespéré. Seul Rodolphe parvenait à lui faire sentir qu'elle était belle et qu'elle était aimée.

Il s'agenouilla près d'elle et murmura à son oreille :

— Bientôt nous serons ensemble, Kendra. Pour toujours. Et enfin nous serons heureux !

Il la soutint et l'aida à se relever.

Ce serait tellement plus facile de partir avec lui, se dit Kendra. De le suivre, là où il le souhaite.

Elle ferma les yeux pour ne plus voir le cadavre de Graham qui gisait à terre. Elle prit une profonde inspiration et posa doucement sa tête contre la poitrine de Rodolphe.

Soudain, elle pensa à Ariane. Sa main molle, son corps inerte... là, dans son lit d'hôpital. Rodolphe aurait sacrifié Ariane, s'il avait pu, comme il n'avait pas hésité à achever Graham ! Si Kendra n'était pas intervenue, la jeune fille serait morte à cette heure !

Il lui revint également à l'esprit l'image du petit avion. Elle se souvint du regard terrorisé de Syrie s'apprêtant à tourner le manche en direction de la falaise. Elle avait l'impression d'entendre la jeune fille crier son nom.

Kendra sortit de sa transe d'un coup. Ses paupières papillotèrent puis elle ouvrit les yeux et dévisagea Rodolphe. Des frissons de terreur la parcoururent, elle eut des sueurs froides. Elle avait presque failli lui céder! Il avait été à deux doigts de gagner!

Elle sentit son énergie décupler. Elle se libéra de l'étreinte de Rodolphe et bondit en arrière.

— Kendra, mon amour, qu'est-ce qui se passe?

— Espèce de monstre! lui cracha-t-elle au visage. Vous m'aviez dit que vous épargneriez Ariane, mais vous ne l'avez pas fait! C'est moi qui lui ai sauvé la vie! Vous n'avez pas tenu votre parole, alors je ne vois pas pourquoi je tiendrais la mienne!

— Je n'ai pas brisé ma promesse, répondit Rodolphe calmement. Je t'ai affirmé qu'Ariane serait épargnée, et elle l'a été, à ma connaissance. Elle va bien maintenant, elle est en vie et reprend peu à peu des forces. Mais je n'ai jamais affirmé que je la sauverais. J'ai seulement *accepté* qu'elle soit sauvée. En échange, tu m'as donné ta parole. Il est trop tard pour la reprendre. Tu dois remplir ton engagement.

— Non! Jamais!

Kendra ressentit une vague de puissance sans précédent croître dans son corps.

— Voilà tout ce que je vous donne!

Elle leva les bras et dirigea rageusement toute son énergie surnaturelle sur lui.

Brusquement un jet de vapeur explosa autour d'eux dans un fracas d'enfer. Des brasiers s'allumèrent un peu partout.

— Kendra! hurla Rodolphe.

Un nuage de feu l'enveloppa et Kendra vit son visage se tordre de douleur à travers la fumée.

Puis il disparut dans les flammes.

Il était parti. A jamais.

Des larmes inondèrent le visage de Kendra. Des sirènes et des alarmes se déclenchèrent autour d'elle. Elle reçut de la vapeur humide sur les cheveux. La hausse brutale de la température avait déclenché tous les systèmes de sécurité de l'établissement. De l'aide allait certainement bientôt arriver.

Kendra regarda une dernière fois le corps de Graham. Il trempait dans une mare d'eau, sur le ciment brut. Elle cacha son visage dans ses mains et s'écroula sur le sol en pleurant nerveusement.

Les voix et le mouvement autour d'elle ramenèrent Kendra à la vie.

Elle avait ouvert les yeux, mais elle ne se rappelait plus où elle était.

Soudain, elle se souvint.

Elle était étendue par terre, au deuxième sous-sol de l'hôpital. A sa grande surprise elle ne vit aucune trace d'humidité nulle part. Elle sentait seulement le ciment froid contre sa joue. Il n'y avait plus d'eau, plus d'alarmes, plus de sirènes. Juste le bruit assourdissant et ronronnant des machines. Puis elle se rendit compte que des blouses blanches se penchaient sur elle.

— Vous pouvez vous asseoir, mademoiselle ? demanda un infirmier.

Il l'observait avec inquiétude.

— Oui... Je crois...

Kendra réalisa qu'elle avait dû s'évanouir.

Ça s'est sûrement produit quand les alarmes se sont déclenchées.

Mais cela était-il vraiment arrivé ? Rodolphe s'était-il consumé dans les flammes ? Et Graham avait-il réellement... ?

Comme pour lui répondre, un chariot passa près d'elle. Un corps y était étendu, entièrement recouvert d'un drap.

Graham !

— Nous avons vu qu'il y avait un problème sur nos écrans de contrôle, raconta l'infirmier. Nous avons cru qu'il s'agissait d'un incendie. Notre ordinateur indiquait que quelque chose était en train de brûler, par ici. Mais quand nous sommes arrivés, nous n'avons rien trouvé, le système anti-incendie ne s'était même pas mis en marche. Puis nous avons constaté que nos caméras de surveillance n'avaient rien capté non plus. Vous savez ce qui s'est passé ? Vous pouvez me le dire ?

Kendra secoua la tête, en continuant de fixer le corps sur son chariot roulant.

— Bon, il faudra qu'on étudie ça de plus près ! En tout cas, vous avez eu de la chance. Si l'alarme ne s'était pas déclenchée, on ne vous aurait jamais retrouvée ! Vous étiez couchée par terre, sans connaissance. Vous n'avez pas l'air blessée, cependant on va vous emmener aux urgences pour faire un contrôle de routine. Mais au fait, qu'est-ce que vous faisiez là ?

Kendra resta silencieuse.

— Vous connaissez cet homme ?

Il fit un signe du menton, en direction du chariot qui quittait la salle en emportant le corps de Graham.

— Oui. C'était mon père. Enfin... je veux dire mon beau-père.

— Oh, désolé. Il est... Enfin, il a eu une crise cardiaque. J'ai bien peur qu'il n'ait pas survécu...

Kendra hocha la tête. Pauvre Graham ! pensa-t-elle tandis que les larmes inondaient de nouveau son visage. Il est mort pour me sauver la vie. J'espère qu'il est enfin en paix. Avec Helen et Syrie.

— C'est un coup dur, continua l'infirmier. Bon, je ne vais pas vous embêter plus longtemps avec mes questions. Hé ! Vous, là-bas ! Qu'est-ce que vous fichez avec votre brancard ? Vous ne pouvez pas vous remuer un peu ?

Kendra posa une main sur le bras de l'homme pour attirer son attention.

— Vous n'avez trouvé personne d'autre ? demanda-t-elle.

— Non, seulement vous deux. Pourquoi ? Il y avait quelqu'un d'autre ?

— Non, je croyais juste....

— Ne vous inquiétez pas. On va faire une petite balade aux urgences et tout ira bien, hein ?

Les aides-soignants l'aidèrent à grimper sur le brancard et sortirent de la salle des machines, laissant derrière eux le bruit et la fumée.

Et toutes les horreurs de ces dernières heures.

ÉPILOGUE

Kendra ferma les yeux et se laissa transporter dans la salle des urgences. Elle n'était pas blessée. Elle était seulement épuisée. Ils feraient leur contrôle de routine et la laisseraient rentrer chez elle.

Il fallait qu'elle soit forte. Il fallait qu'elle pense à Dinah et à Lauren. Elles allaient avoir besoin d'elle. Anthony et Ariane aussi, d'ailleurs.

Mais elle était tellement fatiguée...

L'obscurité se referma sur elle. Elle avait l'impression de flotter sur une mer calme et sombre. Tellement tranquille, tellement paisible. Elle sentait sa poitrine se soulever et retomber au rythme des vagues.

Le monde entier avait disparu.

Sauf Kendra, et cet océan profond, d'un silence infini.

Tout à coup, un petit point de lumière se dessina dans l'obscurité. De minuscules flammèches étincelèrent au-dessus de la jeune fille. Un délicat carillon de cristal joua une mélodie envoûtante à ses oreilles. Et la voix familière l'appela doucement :

— Kendra ! Kendra !

— Nooon ! gémit-elle, les paupières toujours hermétiquement closes.

En la voyant remuer sur le brancard, les infirmières claquèrent des doigts pour attirer son attention.

— Allez, c'est fini, maintenant, chuchota quelqu'un dans son oreille. Ça va s'arranger, petite, tu vas voir. Ne t'inquiète pas.

Mais Kendra n'entendait rien d'autre que cette voix. *Sa* voix.

— N'oublie pas, Kendra, tu dois tenir parole. Je reviendrai te chercher. Et nous serons ensemble pour toujours !

Kendra grogna, se débattit et fit un effort surhumain pour ouvrir les yeux. Soudain les portes de la salle des urgences s'écartèrent et Dinah courut vers sa fille en sanglotant.

Mais tout ce que Kendra voyait, c'étaient les petites lumières qui dansaient. Tout ce qu'elle entendait, c'était le carillon de cristal et la douce voix qui l'avertissait.

Une seule question la hantait : *Mais qu'est-ce que j'ai fait ?*

4802

Composition Euronumérique
Achevé d'imprimer en Europe (Allemagne)
par Elsnerdruck à Berlin
le 22 juin 1998
Loi n° 49-956 du 16 juillet 1949
sur les publications destinées à la jeunesse
Dépôt légal : juin 1998. ISBN 2-290-04802-X

Éditions J'ai lu
84, rue de Grenelle, 75007 Paris
Diffusion France et étranger : Flammarion